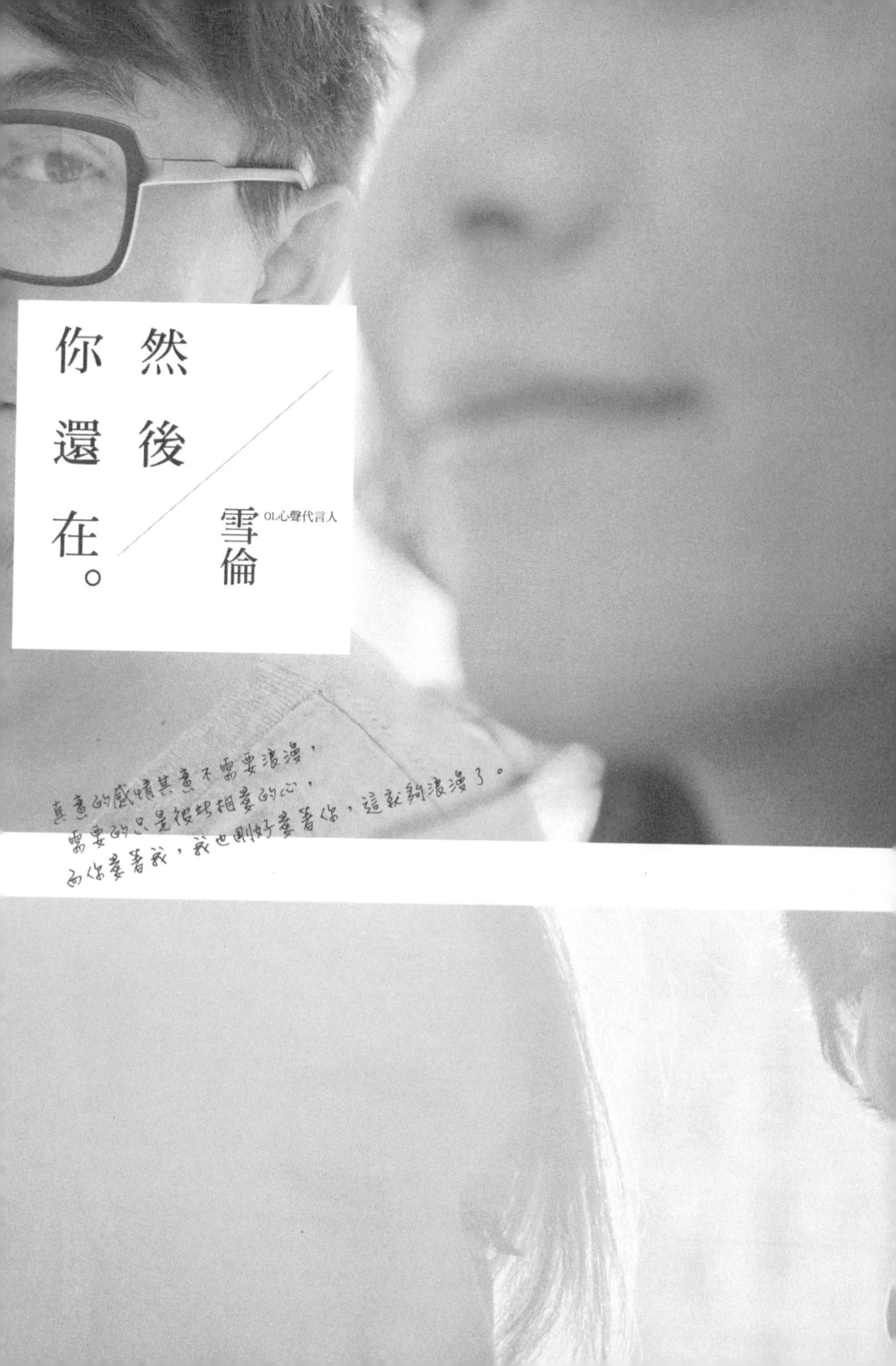

然後你還在。

OL心聲代言人
雪倫

真愛的感情其實不需要浪漫，
需要的只是彼此相愛的心，
而你愛著我，我也剛好愛著你，這就夠浪漫了。

第一章——

他不是我的英雄

我是林樂晴，今年三十歲，是個普通的女人。

用著普通的身高呼吸著不算新鮮的空氣，用著普通的臉蛋交過幾個不像樣的男友，用著普通的智商面對社會的殘酷與醜陋，唯一不普通的，就是陪伴我從小到大的「倒楣」。

只要出門沒帶傘，就一定會下大雨。買杯珍珠奶茶，杯子裡面要不是沒有珍珠，就是珍珠變成愛玉。買塊雞排，袋子裡面常常沒有雞排，有時變成米血，有時是甜不辣。只要我的手一碰到電腦，十次裡面會當機五次，不管是新電腦還是舊電腦。智慧型手機常被我用到沒有智慧、失去反應。在網拍買衣服，不是寄錯款式就是寄了鞋子來。

這些事，基本上每兩天就會碰到一次。

類似這種小倒楣的事，就像夏天的螞蟻那麼多，不管再怎麼預防、再怎麼撲殺，它隨時隨地都會跑出來，生生不息。小事就算了，我把它當習慣，但還是有很多事情的倒楣程度，是我這輩子都不會忘掉的。

比如在幼稚園的時候，明明大家吃一樣的午餐，但偏偏我食物中毒肚子痛，一個忍不住，屎就拉在褲子上。喜歡的男孩嫌我臭，再也不跟我玩，我只能眼睜睜看著他和其他女孩手牽手盪鞦韆耍浪漫。

國小的時候，明明我一直乖乖地在自己座位上看書，但隔壁座位的男同學一直和其他同學聊天，我實在忍到受不了，正要開口希望他們放低音量，老師犀利的眼神馬上掃到我身上，還在聯絡簿上註記「上課影響其他同學情緒」，害我回家被爸媽唸了一頓，瞬間化身成小竇娥。只是那時年紀太小，不知道包青天住在哪裡，所以完全沒有對象可以喊冤。

而國中的時候，全校在操場舉行升旗典禮，我就一定會被鳥屎滴到。明明頭頂上是藍天白雲，晴空萬里，沒有樹枝也沒有電線。是飛過我頭頂時正好拉屎的話，一次我可以原諒，但常常這樣，豈不是衛生習慣太差了嗎？因為受鳥屎愛戴的關係，我在學校聲名大噪，大家叫我森林女王，只不過圍繞在我身上的不是可愛松鼠、敦厚貓頭鷹、俏麗小白兔，是鳥屎。

好不容易熬到高中，終於可以擺脫森林女王這個稱號，開學第一天帶著興奮的心情上課，中午到合作社買便當，一踏出合作社的門，門上的招牌就狠狠地往我的頭砸下來，我整個人痛到倒在地上，便當也灑了，眼角還瞄到落在我旁邊的無緣雞腿。學校叫了救護車送我到醫院，縫了五針，隔了兩個星期，有一天放學時，掛在教室外面的整潔第一名獎牌莫名其妙地又掉下來，直往我的傷口砸過去，我再一次被送到醫院，重新縫五針。

連教官都感到不可思議，「我在學校待了十幾年，還沒有碰過學生一個月被砸到頭兩次，兩次都叫救護車送到醫院的。」

說真的，要不是我自己親身經歷，我也不知道有人可以倒楣成這樣。想要超越我，可能還要翻過三座中央山脈。

後來還有一次，早上才剛到學校，正要把早餐打開來吃，就被教務主任叫去出公差，幫忙檢驗抽查的作業。我整個傻眼，因為我內心對文字有些排斥，只喜歡看圖片，於是我告訴主任我無法勝任。主任要我別擔心，還有其他同學會幫忙進行，結果那些「其他同學」都在幫忙聊天和睡覺，只有我自己一個人在做抽查。面對這種孤軍奮戰的狀況，我也已經習慣到不能再習慣，我只好以最快的速度，在下午一點半時全部完成。主任開心地發給大家便當，結果便當少了一個，正好我站在最後面，發現便當已經發完那一瞬間，空氣都變得稀薄了。

主任也一臉的莫名其妙，不曉得為什麼會少訂一個便當。他不好意思地向我道歉，我也只能無奈地笑笑，決定回去吃早餐。結果早餐酸掉了，我便拖著又餓又累的身體到合作社買東西吃，卻什麼都賣完了，連硬邦邦的麵包都沒剩半個，請問大家是在學校做防颱準備嗎？

最後我買了一碗泡麵來吃，打開泡麵時，我卻萬分驚訝地發現：裡面沒、有、調、味、包！

誰說地獄只有十八層，我當下馬上跌入一百八十層，無法理解上帝怎麼會無視我到這個地步！

可以看看我嗎？一秒就好，Look at me！

我難過地把泡麵丟掉，跑去打公用電話回家給媽媽，一聽到老媽的聲音我就哭了出來，不管我後面還有沒有其他等著用電話的同學，我把我所有的委屈伴隨鼻涕還有眼淚一起發洩出來，「媽！嗚……我肚子好餓……泡麵裡面沒有調味包，像話嗎？妳說啊！嗚嗚……我想吃東西啦！嗚嗚嗚……我想吃東西……」

好吧！情緒失控的下場，就是這件事被全校的人知道了，連主任也在隔天買了一個一百五十元的便當安撫我受傷的心，同學們隨時隨地問我：想吃東西嗎？無時無刻塞食物給我，好怕我一餓就又哭了。之後，老爸老媽只要一想到泡麵，就會忍不住大笑，覺得自己女兒為了一碗泡麵大哭實在太蠢。

他們不懂，老是被上天遺忘，是一種無法解釋的孤獨，你會忍不住心慌，因為你不知道你還得被遺忘多久。

雖然老媽常說：「女兒啊，妳不要老是覺得自己倒楣，那是因為老天爺希望妳可以過得特別！」

但是，我要聲明，我一定要登報聲明，在此先謝過老天爺的好意，可是現在是個講究溝通的年代，我們需要好好聊聊，我需要表達我的意見，我一點都不想過得多特別，我只希望可以過平順的生活，正常平凡地長大，不需要特別到讓我很快就失去了我的爸媽，早早嚐到一個人生活的滋味。

倒楣的體質，我覺得也是基因遺傳的，老爸老媽只倒楣一次，就失去了他們的生命。他們去參加朋友兒子的婚禮，路途中被一輛酒駕的車子撞上，爸爸當場死亡，媽媽是送到醫院才過世。我在家裡接到警察的電話，先是大聲尖叫後便暈倒，就什麼都不記得了。

在北京結婚定居的大姑姑趕回來照顧我，幫我處理很多事，那時候的我什麼都不懂、什麼都不敢碰、什麼事都不會做，只知道流淚，只知道傷心，只知道自己很倒楣，如果不是因為英文考不好，必須重考，我就能和爸媽一起去參加婚禮，和他們一起離開，不用自己一個人面對失去他們的痛苦。

爸媽告別式那天，酒駕司機出現在我面前，希望我可以原諒他，強調他真的不是故意的。但是喝了酒還開車，怎能說不是故意的？拿別人生命開玩笑的人，怎麼能說不是故意的？我告訴他，我會恨他一輩子，因為只有這樣，我才有繼續生活下去的動力。

但我恨他的時間並不是很長，爸媽離開兩個月後，他再次酒駕，自己撞上了安全島，當場死亡。大姑姑告訴我這件事時，我應該要覺得開心，覺得惡有惡報，因果循環，但我沒有，我反而有些失落，因為失去一個可以恨的人。

但我也沒有想像中的快樂，畢竟我失去的，早就回不來了。

大姑姑原本想安排我到北京念書，好就近照顧我，可是我想留在台灣，留在有爸媽味道的房子裡生活，留在一個完全屬於我的地方，我才能感到安心。大姑姑不放心我才高中就要自己一個人生活，於是回來台灣陪我，兩個月回北京一趟。

結果不到半年，大姑丈就小小偷吃了一下，原以為神不知鬼不覺，誰曉得遇上了個找死的小三，打電話找大姑姑挑釁，還說了小三都會講的台詞，「不被愛的人才是第三者。」想看正宮跳腳大鬧。

但我在此敬告小三們，這台詞在電視劇裡看看就好，遇到像大姑姑這種有氣魄的女人，只會得到一句淡淡的回應，「沒腦子的女人，才會去當別人感情的第三者。」

隔天，大姑姑說她要回北京處理一下，幾天後再回到台灣時，她已經恢復單身。她笑著告訴我，「天底下男人多的是，沒有什麼大不了的。」

我到現在，只領悟到她說的，天底下男人的確多的是，不過，面對傷害，我還是很難當作沒有什麼大不了的。

半年後，大姑姑和我們社區外聘來教媽媽們英文的新加坡籍老師談起了相差八歲的姊弟戀。我高三畢業時，他們結婚了，新的姑丈要回去新加坡接手家裡的事業，大姑姑原本還決定要留下來繼續和我生活，不過我拒絕了，我仍然覺得大姑姑的第一次婚姻會失敗是因為我的關係。

我不能再成為誰的羈絆。

於是我拍著還沒有發育完全的胸脯，跟大姑姑保證我自己一個人絕對沒有問題，但是大姑姑去了新加坡後，我每天夜裡都得開著燈才敢睡，每天都在催眠自己「一個人沒什麼大不了的」，每天都在學會一項新的生活技能。自己辦大學入學，自己照顧自己三餐，發燒時自己看醫生，自己學寫家計簿，雖然有爸媽留下來的錢，但仍然要學著省吃儉用。

接著我就發現自己越來越堅強，因為經驗值累積，讓我不停地升級，小怪對我來說就只是小菜一碟，像丁香炒豆干或是蒜香海帶芽，兩三口解決。

被雨淋濕了，就換件乾淨的衣服。摩托車壞了，就有堂堂正正坐計程車的理由。生活的確會遇到不少難關，如果問我，人生要先點哪一個技能，那絕對是「安慰自己」。

先解決自己，才能解決生活。

不過，再堅強的人也一定會有弱點，你說鋼鐵人史塔克有沒有弱點？當然有，雖然他吃辣，但他怕小辣椒，你說雷神索爾有沒有弱點？當然有，如果他沒有持續健身，就拿不起雷神之鎚，到時候系列電影第三集的男主角就變成進擊的洛基，你說倒楣達人堅強之后林樂晴有沒有弱點？當然有，就是單身時看到情侶在我面前猛放閃，會讓我的寂寞更上層樓，超越一〇一大樓。

坐在我正對面的官敬磊一手放在旁邊的椅背上，一手摸著坐在他左手邊我的一號室友明怡的小臉龐說：「妳怎麼又瘦了？」

明怡笑彎了眼，「哪有。」

明怡是我的大學同學，她非常溫柔，認識她到現在，從沒有見過她失控的樣子，講話輕聲細語，絕不會像我這樣吼；笑不發出聲音，絕不會像我這樣發自丹田；行為舉止除了優雅還是優雅，絕不會像我這樣橫衝直撞。我們兩個像是距離最遙遠的兩顆星球，卻在某個時機，穿過宇宙、翻過銀河，一瞬間撞上，成為好朋友。

大一開學時，她坐在我後面，我們沒有交集，她有她的小圈圈，我有我的小世界，在教室碰到面，頂多點個頭打個招呼。有一天，我在走廊不小心碰見從屏東來找她的父親和她起了爭執，甚至呼了她一巴掌後才離開，我當下愣在原地，第一次知道什麼叫做動彈不得。

當你撞見一個人的祕密，就表示你們將不再只是兩個毫無關聯的點，而會產生一條線牽引著彼此。

我和明怡的這條線已經十幾年。

官敬磊先是皺了皺眉頭，露出一臉心疼的表情，再把臉靠到明怡面前，「是不是我不在台灣妳都沒有好好吃飯？」

明怡他被逗笑，伸出粉拳，用了約莫兩百公克的力量輕敲了官敬磊的肩頭一下。官敬磊順手拉過她，把她擁在懷裡，然後輕輕吻了明怡的額頭。

看到這一幕，我頭皮整個發麻，胃酸在沸騰。再這樣下去，我真的很怕我會不顧和明怡同居多年的情分，拿起水杯往他們身上潑，好幫他們的愛火降降溫。只好出聲警告，「可以不要在我面前上演言情小說的戲碼嗎？」

現在不是深夜時間，是陽光一曬就會融化的三十四度C正中午，台語來說就是「透、中、道」！

而且隔壁桌還有保護級的小孩，可以不要污染他們嗎？

官敬磊一臉無所謂地笑了笑，「這是真情流露，免費贈送，外面看不到。」

「不必，感謝你的好意，我沒有說我想看，立湘，妳想看嗎？」我轉過頭順勢問了坐在我一旁的三號室友立湘，但她正和她手上的設計雜誌談戀愛，根本沒有心思附和我，我嘆了口氣，覺得孤單。

立湘是設計師，只要一看到設計相關的書籍還是作品，眼睛就會馬上發出雷射光，被她眼神一掃，就連哥吉拉都會馬上變成小壁虎baby，如此強而有力。

我完全能夠理解立湘的狀態，如果是我在廚房裡專心研發新食譜，完成料理前，就算有八顆核彈瞄準我，我也絕對不會離開。創作的人都有一點偏執，這點很多人都無法理解，包括明怡和我的二號室友童依依。

說到童依依，都遲到多久了？

我看了一下手錶，明明約好十二點半，現在都已經將近一點鐘了。我快餓死就算了，單身的人有什麼罪，得這樣被情侶放閃攻擊？十分鐘內她再不來的話，這星期早餐她就必須自理，再加個打掃客廳的懲罰。依依沒有拒絕的權利，因為我是房東加管家，我說了算。

正當我漸漸適應自己一個人的生活時，明怡原先租屋的房東因為簽賭欠債，賣了房子跑路，把明怡的東西全都丟到管理室，連押金也沒有還她。因為家裡還有房間，我便讓明怡先來家裡住下。沒多久，我的直屬學長康尚昱介紹了依依進來。隔年，明怡和依依在某一天外出買晚餐時，撿到了遇到壞房東的立湘。我們四個人就這樣一起住，一直同居到現在。

我們從同學變成好友，變成姊妹，再變成家人。

原以為畢業後大家會各奔東西，但她們依然留在這裡，用著小小的房間，老舊的傢俱。這間房子除了我和爸媽的回憶，還有我們四個人的花漾青春。至於未來，其實我不知道會變得如何，可是經歷過爸媽的事故，我學會凡事都先做最壞的打算。

沒有人是不會離開的。

所以我選擇好好珍惜現在，珍惜她們在我身旁的時間，於是我這個善良的房東不只提供住，還包三餐、消夜和下午茶。明怡喜歡中式料理，我考上中餐證照，自稱台北士林小當家。依依喜歡西式料理，我也有西餐證照，一分鐘上好菜不是問題。立湘喜歡甜食，我也去學西點烘焙，烘焙王東和馬的太陽之手我也有。不過重點是我很喜歡做菜給大家吃，因為那是唯一能讓我感受到家庭溫暖的時刻。

我緩緩地把眼神放空，怕自己被眼前火熱的情侶閃瞎，然後再多喝兩杯水，免得自己的肚子繼續咕嚕猛叫，接著再假裝自己不存在這個空間，開始神遊，思考著我的早餐店新菜色。從七年前開業到現在，店裡固定每半年更換一次菜單，我希望口味能夠多元又健康。享用早餐是一天最幸福的時刻，能夠為別人帶來滿足，對我來說是非常有成就感的事。

「林、樂、晴！妳說說看，妳不覺得康尚昱這樣很過分嗎？」我的二號室友童依依不知道什麼時候已經入座，用她氣憤的聲音把我拉回這個世界。

我回神看著她以及站在一旁滿臉無辜的尚昱學長，我根本不知道發生了什麼事，只能看著他們，從喉嚨裡發出疑問的聲音，「啊？」

依依深呼吸一口氣後，繼續說：「我們剛剛去挑新床，明明就說好不用買太貴的，可以睡就好，結果他趁我不注意，偷偷訂下了最貴的那塊床墊。說什麼凡事一起商量，妳說他哪裡跟我商量了，那麼貴的床，我怎麼睡得著？」

尚昱學長很怕我站在依依那邊，馬上澄清，「欸，我是為她好耶，她脊椎不好，常常腰痛，每天都要用的東西，難道不應該買好一點的嗎？」

尚昱學長是我大學時的直屬學長，眾所皆知的貼心王，全系師生都認證的暖男一枚，不枉我大一時一進學校馬上看上他。但沒想到我的暗戀才要開始就立刻失戀，因為他和依依是從小青梅竹馬長大的戀人，看看亮眼的依依，再看看我自己，只能早點死心，洗洗睡了吧。

放眼世界，我最看好的情侶只有兩對，一對是貝克漢和維多利亞，另一對就是康尚昱和童依依。我對依依說過，如果連她跟學長都分手的話，我就再也不相信愛情了！

雖然現在我也不怎麼相信。

「是應該買好一點。」我贊成，童媽媽說依依小時候從樓梯上摔下來過，造成脊椎損傷，有時候一痛起來甚至沒辦法起身下床。她現在睡的這個床墊，從她大學一年級搬進來就一路用到現在，的確是應該換了。

一聽到我附和，學長馬上產生勇氣，摟著依依，「妳看！連樂晴都這樣說了。錢再賺就有了，可是世上只有一個妳，妳得要健康，我才會幸福啊。」

聽完，我隨即變成害喜的狀態，還是懷上雙胞胎的程度，胃酸衝向喉嚨。我趕緊拿起桌上的菜單，迅速轉移話題，「請問可以點餐了嗎？」再聽下去，我肯定會連昨天晚上吃的咖哩飯一起吐出來的。

「當然可以，今天我請客，想吃什麼盡量點，我不在台灣時，感謝你們這麼照顧明怡。」官敬磊露出欣慰的表情對大家說。

他的確是該感謝我們大家，他大部分的時間都不在台灣，總是四處跑，去柬埔寨、越南當義工幫助失學的孩子，越亂的國家他越愛去。我非常肯定他對弱勢族群的付出，但有時候一失聯起來，少則一個月，長則半年找不到人，明怡竟然能跟他這樣談戀愛，她的心臟絕對比浩克更大顆吧！

雖然明怡臉上不透露任何情緒，我們依然能夠感受她的擔憂和無助，有時候真想提醒官敬磊，多替這段感情裡處於弱勢的明怡好好想一想，這樣，他會不會就能在明怡的身旁待久一點？

但我只是想，什麼都沒有辦法做，就算情同家人，我也無法任意干涉她的愛情，畢竟我自己的下場也沒有好到哪裡去。

想到這裡，我只好對服務生說：「最貴的都來一份。」這種無能為力的酸澀，也只能從食物得到一點點慰藉。

點完餐，服務生送上幾盤小菜。我才挾了一口辣炒魚乾到嘴裡，官敬磊就問了一句，「怎麼沒有看到妳家大勇？」

聽了我馬上嗆到，辣味在我喉嚨猛搔，使我咳了幾聲。立湘的注意力從雜誌移開，快速地遞了杯水給我，我三秒喝完，活過來之後抗議地說：「我姓林，他姓孫，我住士林，他住土城，他不是我家的好嗎？」

官敬磊臉上露出一抹奇妙的笑容，我才想開口再補充點什麼時，尚昱學長馬上補了我一槍，「他是姓孫，但比起孫媽媽，他更怕妳。他是住土城沒錯，但他幾乎在士林活動，不是在妳的早餐店，就是在妳家，從大學開始，你們兩個人就形影不離到現在，看起來是不太像在一起，但說你們沒在一起，又覺得你們的默契好到不像話。」

沒讓我有說話的機會，依依馬上夫唱婦隨，她看著我，一臉真誠地說：「來，樂晴，今天就來解決我這積了快十年的疑惑。我真的很想知道，妳和孫大勇到底是什麼關係？」

依依一問完，所有人的眼神同時放到我身上。明怡放下手上的杯子，官敬磊放下原本蹺著的左腳，學長放下手上的筷子，依依放下手上的行動電話，立湘放下最難割捨的雜誌，他們正期待我說出一個令大家滿意的答案。我和孫大勇是什麼關係？

我和孫大勇的事，得要從很久很久以前講起……

大三開學，孫大勇轉進我們班上，坐在我後面。上課的時間他大部分都在睡覺，就算難得醒著，也是把手伸在桌底下玩掌上型電動，和班上同學沒有什麼交集，左手腕上刺了個 Hello Kitty 的頭像，對，沒錯，就那隻沒有嘴巴卻比 Lady Gaga 還紅的哈囉凱蒂，它的魅力席捲女人圈，小至新生兒老至八十五歲婦女。只是我沒有想到，孫大勇會站在流行界的吉薩金字塔頂端。

也不怕摔死嗎？

我對他的第一眼印象，就是「流氓」，但絕對不是像電影古惑仔裡面的銅鑼灣霸主陳浩南那樣，帥到讓人自動繳交保護費，而是那種站在大哥後面第十三排，看到血會放聲尖叫接著昏到的那種小牌地痞，出場不到三秒就會被砍死，車馬費只要一個便當的那種角色。

他的劉海總是蓋住眼睛，沒看過他吃東西喝水，淨是嚼著口香糖。黑、灰、藍三色的T恤輪著穿，再加上永遠只有一條的牛仔褲，和一雙黑色的 All Star 帆布鞋，一副什麼都不在乎的樣子，不在乎班上同學有幾個人、不在乎做報告沒有人想跟他分在同一組、不在乎老師警告他再睡覺就要當掉他、不在乎全班只剩他一個人沒交報告。他不在乎這個世界發生了什麼變化，他坐在我後面的位置上，隨心所欲。

但這讓我非常辛苦，因為我很不幸地被選為班代，每次班上有什麼活動、要繳交什麼費用，我都要追在他後頭，不是要錢就是要回覆，回答的內容永遠就是不要、不想、不願意，不然就是連理都不理我，只顧著玩他的電動。

「不要生氣。」是明怡每天在學校都會跟我說的一句話。

「妳說怎麼可能不生氣？明明就說今天要繳教學意見調查表，他居然沒寫。全班就他還沒交，每次都要催他，催到我都消化不良胃下垂了！」我把早上做的三明治丟在桌上，完全不想動它，因為孫大勇總是讓我倒胃口。

明怡拿起三明治，拆開包裝放到我手上，「是誰說早餐最重要的？妳要為了孫大勇把胃搞壞嗎？」

才不要！

我馬上吃了一口三明治，接著生氣地說：「妳說他是不是有病？這麼不喜歡學校就不要來上課啊！都不知道他給別人帶來很多困擾嗎？真的一點都不會不好意思嗎？」

「不會。」孫大勇不知道什麼時候坐到我後面的位置上，順便回答了我的問題。

想到剛才正說著別人的壞話，當場被抓到的我原本很難堪，但一回頭看到他又一臉無所謂地打著電動，對他不好意思的念頭一秒消失。我生氣地把三明治塞給坐在一旁的明怡，對孫大勇說：「調查表交過來！」

他沒有反應。

我忍不住提高音量，「快點寫完交過來！」

他仍然把視線放在手中的電動上。

我開始咬牙切齒地警告，「給你一分鐘，現在馬上填好，交、過、來！」

他還是不理我，非常專注在他的電動上，無非是想挑釁我。

他的態度讓我的理智線下一秒鐘立刻斷掉，忍不住伸出手抓住他的長劉海，用力搖晃他的頭，失控地說：「快點寫、馬上寫！教務處說今天要交，你給我快點寫，有沒有聽到！」

孫大勇痛得哇哇叫，明怡和班上其他同學則嚇得抓住我的手，很害怕我鬧出人命。但我忍耐到了極限，明明不想當班代，還硬是被選為班代，下課不是往導師室跑，就是奔波於學校各個處室，再加上孫大勇這個超會擺爛的白目，別班的班代辦一次就能結束的事，我卻得分好幾次處理，還要被行政助理酸，說我的辦事能力有待加強，難道是我的問題嗎？

想到這裡，我又滿肚子委屈，使勁地把他的頭髮往上提，孫大勇只能「啊！啊！啊」地叫。

於是，我又成為學校的話題人物，畢竟一個身高一五六．五公分的女生，硬是抓著一個一八四公分男生的頭髮不放，這種奇景不是天天有。有傳聞說我是天道盟極力培養的後起新秀，還有人說我平常就在碰毒，那天是肯定是在廁所拉了K，情緒亢奮激動了，才會出手打人。更有傳言說是因為孫大勇害我懷孕，我才會氣得打他。

每聽到一個新傳聞，我就會哈哈大笑。明怡經常一臉擔心的表情，畢竟子虛烏有的傳聞對女生殺傷力很大，但我從小就經歷各種奇怪的事，除了感到好笑，我實在一點感覺也沒有。

倒是孫大勇變乖了。

可能怕我再抓他頭髮，他把頭髮剪短了，露出他的眼睛和整張臉。我不太適應，但明怡竟認為他看起來有點像張孝全。我當下要求明怡真心誠意向張孝全道歉，寫信去他的經紀公司懺悔，這種不像樣的話，連我聽到都受傷了，更何況是孝全。

現在道歉也還不晚，孝全，明怡那時候還年輕，請你不要介意。

雖然我們還是不打招呼、不說話，連眼神都不會有交集，但是我不用再追在孫大勇屁股後面，要他記得什麼時候交報告，什麼時候完成什麼事。他完全自動自發，也沒有老師跟我抱怨上課時他總是在睡覺了。我想，可能被我扯頭髮之後，他就長記性了，於是拉頭髮這招被我寫在對付孫大勇的祕笈裡，成為第一招必殺技。

再次和孫大勇說話，是兩個月後，為了校慶要舉辦園遊會的事。

每個系要推派一個班級當代表，負責攤位的相關活動。以我這麼倒楣的體質，我當然是建議副班代去系會抽籤，結果那天副班代發燒沒來，我只能硬著頭皮上。完全沒有意外，六分之一的機會，又被我抽中了。好事沒遇過，壞事都有我的份。

班上同學再怎麼不願意，也只能自食惡果，誰叫你們沒搞清楚我的來歷就選我當班代？大家只好一起受苦。

花了兩節課的時間討論，最後決定販賣美式料理，因為簡單、快速、方便，完全符合我們班上的特性：懶。

接下來最困難的就是分組作業，企畫組、料理組、服務組、美工組、道具組及食材組，一決定該分出哪些組別後，同學們就用最快的速度，帶上最要好的同學認領工作輕鬆的職務。

留下我，還有班上所有的問題人物，和自告奮勇要陪我一組的明怡。

我體會到什麼叫患難見真情。

我和孫大勇緊張的關係就不用多說了，還有徐安潔，她根本患了公主病的二轉職業仙女病，拿超過一公斤的重物就會頭暈，教室氣溫超過三十度就不會在課堂上看見她，從A棟移動到B棟一定要開車，聽說她爸跟郭台銘是換帖，林百里還看著她長大，家裡不只有游泳池，還有一座高爾夫球場。之前和她分在同一組做專題的同學被她的仙女病氣到腸胃炎，這下看著徐安潔總是煩躁不已的臉，我打算等等下課先去藥局買胃片。

我嘆了口氣，把視線移到李名捷身上。他是班上的資優生，考試成績永遠都是最好的，只要是印刷在書本上的字，什麼會計學、成本控制與分析、經營管理、採購學等等，他都能夠背得一清二楚，連附錄都不會放過。

但實務上的操作，他完全不會。

上烹調課時，把沙拉油當醋，更別說他永遠搞不清楚鹽跟糖了。客房實務時，他不會疊棉被、不會用吸塵器、不知道菜瓜布長怎樣。我曾經問他為什麼要就讀餐飲管理這個科系，他說是為了接手父親的餐廳，父親叫他學好管理就好，不需要會煮菜和打掃。由此可知，他媽媽最常說的一句話應該是，「你只要把書讀好，什麼都不用管。」

漸漸的，除了讀書，他就什麼都不會了。我只能說，幸好呼吸不用什麼技巧。

我和這幾個人負責食材組，要用最低的預算買到最新鮮的材料，做出美味的料理。

我看著拿鏡子猛照的徐安潔，還有死都不肯放下手中書本的李名捷，再看看連頭都沒有抬起來過，一直專注在手上電動的孫大勇。我的眼淚幾乎快湧上眼角，這時突然有個人走到我身旁，拍了拍我的肩膀安慰我，我轉過頭，眼淚馬上收回去，幸好我還有明怡。

但老天總是把我放在世界的最角落，地球的最邊邊，永遠看不見我。明怡的媽媽長了子宮肌瘤必須動手術，她得回家幫忙照顧，請了兩個星期的假回屏東，於是我只能獨自面對接下來的種種危機，跟過去一樣。

開小組會議時，我們四個人各佔據桌子的一邊，沒有人先開口。我早就有心理準備面對這種安靜的場面，所以看到坐在我對面的徐安潔只顧著擦指甲油，我沒有生氣。看到坐在我左手邊的李名捷眼裡只有手上的課本，也沒有失望。看到坐在我右手邊的孫大勇仍然和掌上型電動奮鬥，我也沒有發火。

我只能開口，說我該說的話，講給空氣裡的細菌聽、講給窗簾上的塵蟎聽，遇到需要他們回應時，我就盡可能展現我的親切感。

「安潔，妳找到麵包的廠商了嗎？吐司需要三十條、漢堡麵包需要三百組。」我面帶微笑問著。徐安潔正在用去光水卸指甲油，從進教室到現在，她換了四種指甲油顏色。

她沒有理我，我只好再大聲地重複一次，「安——潔，妳找到麵包的廠商了嗎？」最後三個字還得提高聲調，求她給我一點反應。

這位仙女過了五秒才停下她的手，看著我，緩緩開口，「我需要找廠商嗎？我家就有兩個廚師，吩咐一聲就好了，我叫他們多做一點，當我贊助的，不用謝我。」

無法理解仙界的語言，我給了她一個應付的微笑後，轉頭看李名捷，他仍然在跟營養學奮鬥。我輕敲了他的桌子，他沒有反應，我再敲一次，他焦躁地「噓」了我一聲，好像他在看A片我硬叫他下樓吃飯一樣，好吧！如果是這樣，那真的是我的錯，只好等他用螢光筆畫上最後的重點，才有空抬起頭，順道推推眼鏡，「妳剛剛說什麼？」

這一等就是十分鐘，我還忍不住打了個哈欠，「你負責的醬料罐頭都買好了嗎？有沒有超出預算？」

「我也不知道，我把單子給我媽，她說她會處理，叫我專心念書就好。我媽是說，如果可以的話盡量少參加這些活動，對學業又沒有什麼幫助。」他邊回答我邊把視線移回課本上。

OK！我不想再聽到「我媽媽說」這四個字，所以快速地把目標轉移到下一位身上，但好像也沒有比較好，我看著依舊低頭打電動的孫大勇，完全不想和他打交道，只能在心裡嘆了一大口氣，站起身，對著他的頭頂說了一句，「肉最重要了，請你好好負責。」

本來就沒有期待他做出反應，反正對他講話，always 像對牛彈琴。但這次他居然抬起頭，視線對上我的眼睛，說出，「知道了。」然後把電動丟進背包裡，站起來轉身離開，我差一點點就要為這三個字流下珍珠般的眼淚了，市價約莫三十八萬，看看有多麼珍貴。

校慶的前一天晚上，我還特地打電話給他們三個人，想先提醒每個人該做的事。結果徐安潔沒接電話，李名捷的媽媽說他在念書，要我別吵他，孫大勇則是嗯了一聲就無情地掛掉。

那個晚上，我被自己的不安搞到大失眠。

隔天一大早，我到市場去，把訂購的蔬菜種類和數量再確認過一次，老闆說會準時幫我送到學校，我才鬆了口氣，回家洗個澡打起精神，準備出門面對。

到了學校，我訂的蔬菜已經送達，同學們也陸續到了，料理組的開始清洗食材及備料，企畫組的在進行動線測試，美工組的張貼海報，道具組的也開始擺設桌椅，服務組的進行人員訓練複習……

眼看時間一分一秒過去，我的另外三個夥伴到現在還不見人影，我真的很想報警。

「樂晴，怎麼到現在只有菜來而已，其他東西呢？肉還要醃耶！這樣我們怎麼來得及？」料理組長陳如意焦急地拉著我問。

我無奈地嘆了口氣，從剛剛我已經打了不知道幾百通電話，但就是沒有人要接，「妳先不要著急，再等等看。」天知道其實全天下最急的人是我。前兩天還被學姊唸，叫我們要好好做，不能丟餐管系的臉，她們聽說其他科系的攤位都很厲害。

我站在教室門口，望著走廊上的人來人往，再看著教室裡正在努力的大家，壓力越來越大。三個人裡面，我最擔心孫大勇，怕他想報復上次我抓他頭髮的仇，這次故意整我，害我把活動搞砸，這可是絕佳的機會啊！越想越覺得有這個可能，焦躁地在空氣中嘀咕，「孫大勇，如果你真的這麼小人，打算陰我的話，我就詛咒你的哈囉凱蒂刺青變形、褪色。」

「在後面詛咒別人才是小人吧！」孫大勇的聲音突然從我背後傳來，我嚇了一跳，馬上轉過身，看到他用推車推了兩箱貨，一臉嫌棄地看著我。

我感動地拉著他的手，看著他討人厭的臉，完全不在意他說了什麼，只要他來了，要怎麼嫌棄我、要怎麼說我，我都不會在意，直接對我罵髒話也可以，直接拔我頭髮也OK，我絕對不會說第二句話，只要他來了。

「還打算要握多久？」他不耐煩地看看我拉著他的手。

我趕緊收回來，討好地對他笑笑，他沒有理我，把肉搬進教室。我跟在他身後，看著他帶來的肉，買得很好，都非常新鮮，「看不出來你很會挑肉嘛！」不小心真心誇獎了他一下。

孫大勇馬上露出「還用說嗎」的表情回應我，我的白眼在心裡翻山越嶺，至少翻過五座成功嶺。

十分鐘過後，李名捷也推了一車子的東西出現，他把清單交給我，把推車交給孫大勇後，對我們說：「我媽媽叫我今天要去補英文加強班，所以我沒辦法留下來幫忙。」我點了點頭，不是無法拒絕他，是無法拒絕他媽媽。

孫大勇把東西搬進教室之後，就躲到一旁又開始打電動。我清點李名捷負責的東西，幸好一項不漏全備齊了，接下來就是等徐安潔了，園遊會活動再過一個多小時就要開始，料理組的同學不停地向我確認麵包什麼時候來，我也只能不停地撥電話找徐安潔，確認她是不是還活著。

後來我放棄繼續撥打她的手機，直接撥到她家，接電話的是她家菲傭，口齒不清地對我說：「小姐在睡覺。」

是的，她還活著，我卻被氣得差點往生。

我請菲傭叫她起床接電話，這一等，我又等了十分鐘，徐安潔的聲音才出現在電話另一邊，多麼慵懶性感，「喂？」

「吐司和麵包什麼時候可以到？」我直接問。

她這位仙人界的大小姐還搞不清楚狀況，「什麼啊？」

人家說星星之火可以燎原，我的怒火已經可以轟炸九大行星，直接在電話這頭大吼，「現在全班都在等妳負責的吐司和漢堡麵包，結果妳居然還在睡覺？」

全班停止動作，教室內突然安靜無聲，我想大家不是擔心活動開天窗，是害怕我會失控。

孫大勇也抬起頭，面無表情地看著我。

「不是明天嗎？我家廚師今天才會做耶。」她還在給我狀況外！

我氣得快要中風，深呼吸N口氣，才緩緩對她說：「是今天，還是一個小時後。」

我不想再跟她說任何一句話。大姑姑對我沒有什麼要求，就是不能做壞事。再講下去，我真的很怕我會直接衝去她家把她給活活掐死，所以我趕快掛掉電話。

整個腦子像失去運轉的能力，一片空白。

完全不懂為什麼這世界上總是有這種人，幹了一堆不負責任的蠢事，永遠要其他人來幫他們清理收拾，還不覺得自己有什麼問題，日子過得非常逍遙自在。偏偏老天爺眼裡永遠只有他們，就像男人眼裡只看得到大胸部的美女一樣。

我人生的霉運，或許只能怪在我的平胸了。

陳如意走到我旁邊，「樂晴，如果沒有麵包和吐司，還是我們改賣排餐？」

我都還沒說話，企畫組的同學馬上出聲，「改賣排餐？那我們做的宣傳單怎麼辦？還有菜單價格又要重訂，不然怎麼分擔成本？菜單都做好了，現在這時間怎麼重做？徐安潔也太誇張了，班長妳怎麼會把這麼重要的事交給她？」

我默默低下頭，在心裡懺悔，「對，是我的錯。」

道具組的同學也說出自己的意見，「根本就沒有準備排餐用的刀叉，這樣其他的相關器具還有餐具又要重新買過，拜託一下，你們食材組都沒有準備第二方案嗎？這不是該有的基本常識嗎？」

我在心裡嘆了一口比萬里長城還長的氣，「對，是我沒有常識。」

接著班上同學亂成了一團，教室整個鬧哄哄的，「扯耶，都快弄好了，居然變成這樣！」「不然大家回家啦！校慶本來就應該放假，辦什麼園遊會！」「班長妳快想辦法啊！現在是要怎麼辦？」

我抬起頭對大家說：「你們先繼續準備，我會負責處理好吐司和麵包。」說完後，我忽視同學責備的眼光，拿了包包，快速地離開教室。跑到校門口的一路上，我真的很想停下來大哭一場，但是我沒有時間，我只能鎖緊我的淚腺，畢竟人長大了，屁股再髒都要自己擦。

我無法期待眼前會出現超人，因為我不是露易絲。

我只是林樂晴，一個非常普通的女人。

我站在校門口，十分徬徨，眼前除了一片黑暗外，什麼都看不見……什麼都看不見……什麼都看不見，什麼都……

「上車。」不知道什麼時候，孫大勇開著一輛破舊的七人座廂型車停在我面前，搖下車窗對著發呆的我大喊。

我愣在原地驚訝地看著他，他像個痞子一樣對我挑了挑眉，嘴裡嚼著口香糖，表情像在說著「老子在等妳上車」。我的視線從他臉上移到車體上貼著的褪色廣告標語，

「超人旅行士，帶你飛天遁也，暢遊夢相國度」，經過風吹日曬，有些字筆畫都不見了，最後一個度字的貼紙已經掀起一半，感覺時速只要超過三十公里，那個字就會飛走，去到它的夢想國度。

看著這一幕，我不知道該不該上車……

不要期待英雄，除非我們願意讓自己的人生隨時出現危機。

第二章——

過去的我，就讓它過去

人生總有必須面對各種選擇的時候。但最慘的狀況，就是你選也不是，不選也不是，就像我現在這樣。

面對眼前的孫大勇，我猶豫不決。

「不上車我就開走了。」孫大勇看了看遲疑的我，做出最後通牒，還順勢踩了一下油門恐嚇我。

他的威脅成功了。我嚇了一跳，反射神經讓我直接衝到車旁打開車門，三秒內坐上副駕駛座，繫上安全帶，然後對他說：「走，只要看到早餐店或是麵包店就停下來。」學校附近有很多早餐店，或許還可以向店家購買存貨的吐司和漢堡麵包。

他看了看我，沒說什麼，只是把車往前開。

結果我的算盤完完全全打錯，連一加一都會彈成三。我完全忘了今天是星期日，學校附近的早餐店主要是做學生生意，十間裡面有八間週末都休息，更別說麵包店，一大早根本沒有店家營業。

我看著緊閉的店家大門，心跌到谷底。

好不容易看到一間營業中的早餐店，我馬上叫孫大勇停車，衝下車去直接開口問老闆，「老闆，你有沒用完的吐司還是漢堡用的麵包，可以賣給我嗎？」

「妳想吃什麼三明治還是什麼口味的漢堡，我都可以做給妳，可是妳要買我的材料，我明天怎麼做生意？」老闆一臉為難地說。

「那你有麵包廠商的電話可以給我嗎？」我不能放棄。

但老闆已經不耐煩了，「小姐，妳是商業間諜嗎？妳如果想開早餐店，想找廠商什麼的要自己去找，怎麼會來問同業咧？不好意思，如果不買早餐，可以請妳離開嗎？我還要忙。」

一說完話，老闆就轉身招呼客人，我瞬間變成空氣。

洩氣地回到車上，無力地對孫大勇說：「走，再找下一間。」

他看著我，撇了一下嘴角，感覺像是在笑我白費力氣。

我馬上像大姨媽來襲前幾天似的，變得超敏感，不客氣地對他說：「你這是什麼意思？是覺得我像白痴嗎？雖然我很感謝你開車陪我來，但是你也是食材組的，事情會變成這樣，我們都有責任，你也不要想逃！」

在這種兩方隨時會打起來的情勢下，孫大勇竟然打了個哈欠，連看也沒看我，繼續開著他的車，「奇怪了，我有說什麼嗎？不要隨便誤會別人好嗎？」接著露出無辜的表情。

Come on！此時此刻，全天下有誰比我更無辜？

我平復心情，不想再和他計較，但駕駛座突然傳來「喀啦」一聲，我轉過頭去，儀表板上的透明壓克力面板居然整個掉了下來。孫大勇沒有嚇到，很冷靜地一手握著方向盤，一手將壓克力面板裝回去，接著用力槌了一下，一切恢復正常。

我緊張地吞了一下口水，「沒事吧？」

「能有什麼事？」他簡短地回答。

「這是誰的車？」我繼續問。

「我家的。」

「你家的？」接著想起剛剛映入眼簾的宣傳標語，「所以你家是開旅行社的？」

他沒看我，點了點頭。

接著我又聽到車底下傳來「喀、喀」兩聲，我嚇得猛問他，「這車子沒問題吧！一直發出奇怪的聲音，不會開到一半拋錨吧！」

他鄙視地看我一眼，好像我問了什麼天大的蠢問題。看到他那討人厭的眼神，我再也忍不住地伸出手，用力槌了他的手臂一下。他在駕駛座痛得「啊」地大叫一聲，趁著停紅綠燈時，用另一隻手撫著被我打痛的手臂，一邊發出啊……嘶……的聲音。

我完全不想理他，能這麼欠揍的人真的不多。

「要不是妳是女生，我就出手了。」他的手放回方向盤上，發狠地說。

這次換我打哈欠，要打架，我也是沒在怕的。

眼角突然瞄到十公尺前有一間早餐店，我馬上精神都來了，興奮地一手拍著孫大勇，一手指著前面的早餐店，「快！停車、停車，前面那間有開店！」

「啊啊！好啦！用講的就好，很痛！啊！啊！」他邊開車邊叫。

他一停好車，我就衝下車去，但不到一分鐘又失望地回到車上，這次早餐店的老闆雖然人很好，但他們麵包都用完了，還幫我打電話問廠商，可是廠商星期日也不出貨。

我難過地嘆了口氣。

孫大勇發動車子後，看了我一眼，「這時間不會有麵包店開門的，妳要不要乾脆放棄？還是想別的辦法？」

聽到放棄兩個字，潛伏在我腦海的魚雷馬上爆炸，「要我放棄，門都沒有，別的方法是嗎？你來想啊！你來想想看啊！」

他一臉看到神經病的表情，「妳是吃了激動棒棒糖喔？我才講兩句，妳血壓升那麼高幹麼？」

我深呼吸，老實說，我也自己也不知道為什麼跟他講話會這麼容易上火，我平時很正常的啊！沒有病啊！身體健康萬事如意啊！

孫大勇繼續說：「就賣牛排就好了啊！菜單用 word 打一打就可以了，宣傳單印了又怎樣，重新再印就好了啊！就是個園遊會，吃吃喝喝而已，這麼黑皮，幹麼搞得大家累得要命。」

我沒好氣地瞪了他一眼，「現在還有時間，這麼早就放棄，不是我的 style。」雖然我很倒楣，但遇到很多難關都是這樣咬著牙挺了過來，不就是幾條吐司跟麵包，有比我老爸老媽離開我還嚴重嗎？

沒有！

「妳這種 style 就是以後出社會工作第一批過勞死的人。」他真的我講什麼就頂什麼嘴，平常不是一句話都不愛講，怎麼今天話這麼多？

「就算我做鬼也會跟著你。」不知道為什麼，說完之後，竟有一種浪漫的感覺，上大學念到大三了，還沒有這樣跟別人告白過。

孫大勇不以為然地笑了，「我跟妳說，妳今天絕對買不到麵包的。」

「如果我買到咧？」我說。

不要跟我說絕對不可能怎樣怎樣，我身上發生太多不可能發生的事，所以我完全相信，再不可能的事，都是有可能發生在我身上的。

「不可能！」他又再強調一次。

「不要一直說不可能，我就說如果我買到咧？」

「我就當妳小弟一輩子！」他非常不屑地回答我，好像我說的是屁話，噗一聲就沒有了。

那我也不用對他客氣，用鼻子哼了一聲，很認真告訴他，「不用！十年就好，算是同窗價，我才不想跟你有太多瓜葛。」

看到他就煩，還一輩子咧，最好不要讓我買到，否則，你等著變成我雙指一彈，就得在旁邊喊喳的小勇子；我隨時一摸茶壺，就會出現的精靈；我隨時雙手合掌一搓，就會出現的ace；我隨時轉頭，就會看到的跟、班！

他挑了挑眉，低頭看了一下手錶，「活動十點半開始，現在九點半，扣掉回程的時間，妳最多剩下半個小時。妳知道這差不多是能做多少事的時間嗎？差不多是我吃完一碗麵再加一份煎餃的時間，也差不多是我拉個屎的時間。三十分鐘一轉眼就沒有了。」

說完，我看到他的嘴角在偷笑。

我實在是忍不住，又出手狠敲了他的頭一下，「笑屁啊！大個便也要三十分鐘，你是便祕嗎？」我知道時間剩下不多，就算只剩下三分鐘，也要試試看才知道。

他痛得提高說話音量，「喂！講就講，一定要動手嗎？」

「要。」我說。

結束無聊的爭執，他繼續把車往前開，但不要說早餐店，連店家都越來越少，我懷疑地看著他說：「你是故意的吧！一直往工業區開，最好找得到早餐店，你真的可以再下流一點。」

他冤枉地說：「欸，妳才下流好不好，妳自己又沒有說要往哪個方向，我當然一直往前啊，路就是這樣，怎麼可以怪我？」

當然要怪你，你難道不知道，女人心情不好，連隔壁小明拉肚子都可以怪你嗎？

「往回開，馬上。」我不客氣地說。

他也不客氣地一秒迴轉。幸好是假日，一大早路上車子並不多，他漸漸加速，我看著車上顯示的時間，九點五十分，胃開始緩緩下沉，耳朵也開始持續性耳鳴，難道我真的要這樣空手而回嗎？難道我真的要這樣子認輸嗎？

難道我……

「停車！」我大叫一聲。

孫大勇嚇了一大跳，馬上緊急煞車，摀著耳朵生氣地說：「妳是有十八個丹田嗎？怎麼那麼有力？幹麼忽然說要停車？」

「前面有一台早餐車。」我解開安全帶準備下車。

「早餐車是能有幾條麵包？」他又開始他的必殺技，萬事嗤之以鼻。

我瞪了他一眼，「有幾條算幾條。」然後迅速下車。孫大勇也跟著我下車，打算看我最後一戰失敗，他好開懷大笑。

我走到早餐車旁，看到一個老奶奶正坐在一旁的板凳上等客人，一看到我走近，她馬上站起身親切地招呼我們，「早安！要吃點什麼？今天的奶茶是用鮮奶泡的喔！還有豬肉漢堡很好吃喔！麵包新鮮、豬排也很新鮮喔！」邊說還邊拿起漢堡對我們揮著。

「奶奶，不好意思，我想問一下，妳這裡有多的吐司和漢堡麵包，可以賣給我嗎？」我露出堪比少女漫畫主角的星星眼，期待奶奶給我一個小小的希望。

「我這裡現在沒有啦！是不是我的早餐看起來不好吃？妳不想吃？」老奶奶的表情像是初戀失戀的少女，一副心碎的表情。

孫大勇不知道什麼時候開始吃起漢堡，整張嘴塞得滿滿的就算了，連嘴角都是醬料，一邊口齒不清地讚美，一邊對著老奶奶比讚，老奶奶開心地拍了拍他的肩，「唉唷，吃相怎麼這麼好看啊！今天的蛋餅也很好吃，要不要來一個。」

孫大勇餓死鬼投胎，猛點頭。

我趕緊向老奶奶澄清，「奶奶，我沒有這個意思，是因為學校辦活動，需要一些吐司和做漢堡的麵包，可是準備過程出了一點差錯，現在又到處都買不到，今天是星期日，很多店家都休息，如果妳有多的量，可以賣一點給我嗎？」

「辦活動啊！妳要多少？」老奶奶反問我。

聽到這句話，我整個人眼睛都亮了，「看妳有多少，我都可以買下來。」

老奶奶突然看著我笑了出來，「妳確定妳帶夠錢了？」

我不明白她的意思，只能傻愣愣地看著她，老奶奶接著說：「跟我來。」然後轉身往後面的白色鐵皮屋走去。我跟在她後面，孫大勇跟在我後面，他一手拿著蛋餅，一手拿著辣椒醬，嘴裡還在嚼漢堡。我看了他一眼，忍不住搖頭，他真的是很上不了檯面的人啊！

老奶奶站在鐵門前，從口袋裡拿出鑰匙，按了一下搖控器。鐵門漸漸地往上捲，一股重重的奶油味往我鼻腔竄了進來，接著看到裡頭有一層層的鐵架，上面擺了不同種類的麵包，後頭還有一大間烘焙室，裡面有師傅在做麵包。雖然我還活著，但我必須說，這裡是我的天堂。

老奶奶看著我驚訝的臉，笑咪咪地對我說：「我們工廠三百六十五天都在做麵包，我是不敢說全台北的早餐店麵包都是跟我進貨啦！但至少有一半，各大夜市、連鎖牛排店，都是我的客戶啦！妹妹，妳真的有帶夠錢嗎？」

我尖叫了一聲，激動地抱住老奶奶，一句話都說不出來。

「這真的是妳經營的嗎？有那麼大一間工廠，為什麼還要在外面賣早餐？」孫大勇完全不敢相信，開始質疑老奶奶。

「啊我老了，揉不動麵團，我不能在外面賣個早餐嗎？你們這些年輕人就是這樣，做人啊！要活到老學到老，不要以為老了什麼都不能做，就算老了還是什麼都可以做！」老奶奶說完，還走過去捏了孫大勇的臉一下。

他又痛得哇哇叫。

我則是爽到馬上升天，快速地向老奶奶說明我需要的數量及種類，老奶奶叫員工幫我把吐司和麵包拿出來，還非常爽快地多送了我五條吐司跟五十個漢堡麵包，又因為是跟工廠直接拿貨，少了中間商的利潤，我只用了七成的預算，就買足了所需要的數量。

我開心地把麵包搬到車上，奶奶也請員工一起幫我搬，只有孫大勇臭著臉站在一旁，雙手抱胸，腳還不情願地在那裡踢啊踢的。

「是不會幫忙搬嗎？」我對他吼。

他也很不客氣地回應我，「我不要！」

我懶得理他，用最快的速度把貨全放上車後，向奶奶道了好幾次謝，還跟她保證以後一定會常來這裡買早餐，隨後就拉著孫大勇離開。一坐上車，看到車上時鐘顯示十點十分，時間還非常充裕，我們來得及回到學校趕上活動。我總算安心，整個人癱坐在副駕駛座上，全身累到不行。

但我的精神非常亢奮，主動按了車上的廣播，跟著裡面的歌開始哼起來，「I'll be leaving you，沒有什麼原因，愛情有時候是惡作劇，我要自己帶著孤單抗體，學習忘……」我越唱越火大，最後一個字還沒唱完，我已經忍不住出手狠狠往孫大勇的右手臂打下去。

他又痛得大叫一聲，左手抬起來揉了揉右手臂上挨我一掌的部位，「喔，很痛耶，又幹麼啦？」

我指著儀表板上的車速，唱歌的好心情都沒有了，生氣地對他說：「你時速二十，是想幹麼？打算十二點才開到學校嗎？後面的車都在按喇叭了，你是沒有聽到嗎？你再卑鄙一點啊！你再幼稚一點啊！從我買到麵包開始你就輸了好嗎？」我越講，他臉色越差，看他的臉越臭，我的心情就越好。

但他還是故意維持在時速二十。我嘆口氣，想跟老娘鬥？我捲起袖子，這次我沒有打他，直接用捏的，邊用力邊說：「開、快、一、點！」

「啊！啊啊……」他只能邊叫邊加速，一路叫到學校。

回到學校之前，為了節省時間，我已經先打電話請其他同學下來幫忙搬。大家正忙的時候，孫大勇又站在一旁當雕像。我一舉起手，他馬上裝忙，幫忙跟著搬。麵包全送進教室時，是十點三十五分，雖然遲了五分鐘，但一切都非常圓滿，我解決了自己的難關，還得到一個跟班。

光是用想的，我的嘴角就不停地抖動，開心。

一切準備就緒，大家各自忙碌，我把孫大勇叫出來，我們站在走廊，一開始班上的同學還紛紛對我們行使注目禮，不知道我們是不是又要打架了。但一秒過去、兩秒過去，一分鐘過去，大家才安心做自己的事。

我用著前所未有的驕傲表情看著孫大勇，帶著勝利的笑容，把剛剛想好的台詞一字一句清清楚楚地說給他聽，「當我的跟班很簡單，我說一你不能說二，我去左你不能去右，一個指令不要讓我說第二次，不要讓我生氣、不要讓我發火，不要講不聽，

ＯＫ？」

他面無表情地看著我，一點反應也沒有。

我又不小心緩緩舉起了手，他馬上驚慌地往後面退了一步，著急地說：「ＯＫＯＫＯＫＯＫＯＫＯＫＯＫＯＫ……」看他的反應，我開始大笑。

其實我舉起手只是想撥劉海而已。

其實那個小弟協定，只是開開玩笑而已。

然而，沒想到轉眼間就過了這麼多年，孫大勇就這樣一直跟在我身後，把小跟班當得很稱職。雖然偶爾還是會白目一下，聽不懂人話一下，但他仍然表現得十分稱職。照我們之前約定的時間，再三個月孫大勇就可以解脫了，功成身退，我打算那天幫他好好慶祝一下。

「快說啊！你們到底是什麼關係？」依依等得不耐煩，猛催我給她一個答案。

我笑了笑，給了他們最不想聽到的答案，「就朋友啊。」

「呿！」整桌的人異口同聲回應我。

我和孫大勇的協定只有我們兩個人知道，就連明怡之後問我為什麼和孫大勇變得這麼親密要好，我也沒有告訴她。打賭輸了還要接受懲罰那麼丟臉的事，我不想替孫大勇宣傳，也算是我對他的一點點溫柔，〇．四極細中性筆點一下的那一點點。

其實，到現在我真的很難定義孫大勇的位置，他當然不只是我的朋友，還是我的佣人，也是我的兄弟。就像明怡、依依、立湘一樣，從陌生到互相依賴，已經不是任何一種關係可以說明的。

就在大家談論這位兄弟時，我的手機正好顯示他來電。我接了起來，先唸他再說：「你是不知道漫遊很貴嗎？」

孫大勇沒有理我，永遠都只說他想說的話，開頭就問：「我媽生日什麼時候？」我頭頂馬上飛過三百隻烏鴉。兒子永遠記不住自己的生日，淑鈴姊知道一定很難過。

孫大勇的媽媽是一位很前衛的媽媽，非常年輕，和我只差十七歲，因為保養得非常好，完全看不出來是位媽媽。她要我不能叫她孫媽媽，要叫她淑鈴姊，因為她不想以誰的媽媽、誰的太太的身分過日子，那只是生活裡的一種角色，但人生是她自己的，是方淑鈴的。

孫大勇變成我的跟班之後，要做報告或是專題時，我們幾乎都是同一組。我叫他查歷史資料、找試題、寫大綱，他這種完全不想念書的人幾乎快被我逼瘋，只要一裝病在家，我就會去把他揪出門。所以，第一次去他家，就讓淑鈴姊看到我教訓她兒子的模樣，我覺得非常抱歉。但淑鈴姊除了拍手叫好外，還請我喝飲料。

從此之後，我和淑鈴姊成為莫逆之交，最可憐的是孫大勇，他無處可逃。

「八月一號，下星期！是要說幾百次，你可以把這件事植入你的腦子裡嗎？明明A片編號和電動祕技都能記得這麼清楚。」完全受不了他。

「我有記下來啊！我記得是七八九月的其中一天啊！」他居然可以這樣理所當然地回答我。

我替淑鈴姊傷心。

「突然問這個幹麼？」我問。

他無奈地說：「因為她照三餐加消夜一直傳訊息給我，說下星期有個很重要的日子，但下星期除了鬼門開，我想不出來有什麼重要日子。」

「講重點。」再跟他說下去，我會上火到連飯都吃不下。

「我要買什麼送她？」他的用意就是這個，他有一次送了一瓶很臭的香水給淑鈴姊，她差點跟他斷絕母子關係，因為她不想承認自己兒子眼光這麼差、品味這麼爛。

為了在家日子好過一點，從此之後，淑鈴姊的禮物都是我挑的。

「你星期日回來的時候，在機場買保養品好了。我記得上次我送她的保養品，她一直說很好用，應該差不多快用完了，我等等傳照片給你，你直接拿給專櫃小姐看。」千萬不要覺得我對孫大勇很不好，我其實很照顧他的。外面突然打了一個大雷，聲音傳到餐廳裡，嚇了我一大跳。

我微微冒了冷汗，我剛才是真心的，沒有說謊。

這傢伙說了聲，「好。」馬上掛掉電話。

一結束通話，大家的眼神又充滿懷疑，好吧！是正常人都會有這種反應，我可以理解。只要我單身的時候，大家總會想要湊合我跟大勇，但有很多事我實在無法解釋太多，這十年裡發生的事何止一、兩件？

我能說的是，大勇對我絕對沒有什麼想法，而大勇也不是我的菜，我的菜正在我的眼前。我挾了一口紹興醉雞放到嘴裡，嗯，雞肉煮過頭，酒味不夠重。

看我不打算再說明什麼，大家只好轉移話題。我繼續吃飯，情侶們也各自繼續吃飯、聊天，還有打情罵俏。

尚昱學長幫依依剝蝦子殼，還直接把蝦肉送到她嘴裡，產地直送超環保。官敬磊幫明怡舀了一碗雞湯，仔細吹涼，不用電風扇，節能減碳救地球。然後，各自兩人世界，眼裡只有彼此，是把我跟立湘放在哪裡？

我轉身看立湘，想尋求一點安慰，但她吃得非常專注，邊吃依然邊看著她的設計雜誌。早知道我就把早餐店的報表拿來這裡整理了。

先說明一點，我絕對不是嫉妒他們，我只是會有大家單身時必然產生的小偏激，談戀愛時，我也偶爾會呈現一種廢人的狀態，比如手自動失去功能，拿不動包包，或是腦子永遠記不住路線之類的。

但現在我是單身，我心裡的道德魔人就住在杜拜塔上一百五十八樓的清真寺裡，對情侶的行為，我只能接受一種，叫做牽手，至於其他的動作，盡量不要在我面前表現出來，因為我會報警。

像上次在捷運上，我看到某對國中生情侶在車廂裡摸來摸去，摸臉啊、摸脖子啊、摸大腿啊、摸胸部啊……那時候下午三點多，乘客並不是太多，我們這節車廂裡只有那對情侶，還有我和坐在我旁邊的一個媽媽。我和這個媽媽一起目睹這一幕，一起發出「嘖嘖」的聲音，我不曉得媽媽是嘖嘖稱奇還是不屑。

國中生情侶聽到嘖嘖的聲音，反而更叛逆，故意在我們面前摸得更厲害，兩個人甚至開始激吻，連舌頭都出來見人了。一旁的媽媽嚇到完全出不了聲音，我再也看不下去，拿起手機假裝通話，「警察局嗎？我在捷運淡水線上，我看到一對國中情侶在捷運上做不該做的事……」國中生情侶嚇到差點咬到對方的舌頭，趕緊起身，狠狠瞪了我一眼後才走到下一節車廂。

所以，當尚昱學長伸手幫依依擦掉嘴巴旁的醬汁時，我已經準備拿起手機，但身為多年姊妹，我當然是不會報警，只是抱怨，「哈囉，可以跟我聊聊天嗎？可以考慮一下單身的心情嗎？」我伸出雙手對著他們兩對情侶揮一揮。

他們繼續情侶間的動作，完全不理我。尚昱學長邊幫依依挾菜邊說：「就跟妳說要介紹我們飯店的房務經理給妳，妳又不要，人家可是從加拿大留學回來的高材生，又溫柔又體貼。」學長在知名飯店擔任行銷經理，明怡也在同一間飯店工作，是櫃檯主任。

「千萬不要，我最怕朋友介紹了。」我嚇得趕快回絕。我的上一任男友就是立湘的哥哥朱季陽介紹的，是朱季陽任職的法律事務所同事潘柏呈。他是個很好的男生，但他媽媽非常可怕，才交往一個月，就已經把我當兒媳婦那樣訓練，要我背好他們家的族譜，包括名字、稱謂、生辰、還有喜好，連過世長輩的祭日我也要滾瓜爛熟。為了讓男友開心，我還是硬著頭皮，花了一個星期全部背好。不管是五天要去他家幫忙打掃一次，還是三天要去他家請安一次，這對我來說雖然辛苦，都還能忍耐。

唯一不能接受的，是他媽媽一定要我用她的方式作菜，但在料理的世界，我有我習慣的方式，哪一種食材適合怎麼處理，這些我都有我的堅持。他媽媽非常愛半生不熟的料理，不知道是聽誰說這樣比較健康。其他的我都可以當作沒看到，但當她把四季豆拿來當沙拉時，我完全崩潰了。

小心地把我的想法告訴她，四季豆裡含有皂素，如果沒煮熟，會強烈刺激消化道，對身體不好，結果就落得一個不尊重長輩的罪名，他媽媽覺得我沒資格當她兒媳婦。

夾在兩個女人中間的潘柏呈太辛苦了，我選擇退出，畢竟女朋友可以再找，但媽媽只有一個。不過，他後來又交的女朋友也因為媽媽的關係又分手了。

朱季陽一直對我感到很抱歉，幫我介紹男朋友，結果卻傷心分手，但我一直覺得他想太多，不管是誰介紹的，兩個人會在一起還是會分手，都跟介紹的人無關。為了不讓我的朋友愧疚，我當然要拒絕尚昱學長，雖然我覺得他不是會感到愧疚的那種人。

「就見個面認識一下嘛！明怡，妳自己說，子彥是不是很不錯？」學長真的不懂我體貼他的苦心，還一直勸我。

明怡笑了笑，「是很不錯，但不適合樂晴，而且他已經交女朋友了，昨天還帶到飯店餐廳吃飯啊！」

依依生氣地彈了一下學長的額頭，「你真的是……都沒搞清楚就亂介紹，如果害樂晴變成第三者你就死定了。」

學長馬上變得像個小媳婦，我則是爽快地哈哈大笑，對他扮鬼臉。心情正爽快的時候，依依不知道看到什麼，表情突然變得很嚴肅地對我說：「林樂晴，不准回頭！」

明怡的表情也變了，連官敬磊和尚昱學長的表情都變得很奇怪，原本的笑容完全消失，坐在我一旁的立湘也轉過頭看一眼，然後一秒回頭，一臉天要塌下來的表情。

我被他們所有人的舉動搞得莫名其妙，忍不住微微轉頭，立湘馬上伸手把我的頭轉回來，「真的不要看比較好。」她難得開口勸我。

但是他們越是這樣，我就越想回頭。人就是這樣，把自己逼到絕路的多半不是別人，是自己。

於是我趁立湘稍微鬆手時快速轉頭，我才知道為什麼他們的表情都變成了這樣，因為我的初戀男友王靖正和我四眼相交。從沒有想過我會這麼戲劇化地遇上前男友。

我們最後一次見面，是五年多前分手的時候，經過這些日子，他依然沒有什麼變化，只是眼神多了一點滄桑。

我回過頭來，努力平復自己的情緒，不停深呼吸，卻一直想到以前的事。原以為和他的過去都已經忘得差不多了，沒想到，一見到他的臉，所有回憶就像不小心打開的水龍頭一樣嘩啦啦流了出來，在我腦子裡鬧水災。

我一向喜歡個性斯文，說起話來溫柔體貼的男生，尤其是穿著襯衫，第一顆釦子不扣，露出脖子線條和一點點鎖骨，會讓我覺得非常有魅力，王靖就是完全符合這樣條件的人。

他是大學和我同校設計系的學生，大三時和我一樣都是班代，我們時常在各處室碰到面，會打打招呼，稍微聊一下天。每次和他聊天都會讓我心情非常好，因為他的聲音很好聽，語調又很輕柔，換我說話時，他又會專注傾聽，熱情地回應。

尤其當身旁每天都跟著一個只會打電動，一句話要問三次才會回答，講話好像在打仗一樣的孫大勇，這使我感覺王靖根本就是天使。

大四新學期一開學，王靖就到教室找我，用著天籟般的聲音、溫暖的眼神和迷人的笑容，開口問了我一個問題。

「要不要和我在一起？」

鬼才不要，所以我點頭點到脖子幾乎要斷掉。

於是，王靖成了我的初戀。當我們公開在校園裡牽手時，孫大勇形單影隻，成了大家憐憫的對象。大家對他投以同情的眼光，很多人以為他被我拋棄了，甚至會走到他旁邊，拍拍他的肩膀，對他說聲「加油」。

當他告訴我這件事時，我在教室笑到快斷氣，然後被他瞪。

我和大勇之間的糾葛，我也從沒告訴過王靖。就算王靖時常看著大勇和我同進同出，也從來沒有吃醋過，更意外的是，他們兩個人處得還算不錯。當我們三個人一起在學校餐廳吃午餐時，大家總是會交頭接耳，覺得不可思議，我又成為校園裡傳說中手段厲害能夠同時擁有新歡和舊愛的心機女。

但是，如果我那麼厲害，就不會被王靖劈腿一年了才知道。

我和王靖交往四年，畢業之後，他去當兵，很不幸抽到籤王澎湖。我還在家裡哭了好幾天，哭到孫大勇受不了地說：「好啦！不然我抽到的高雄跟他換啦！」我很認真地打電話問國防部，但他們說不能這麼做。

最後只能談著跨海戀，只要他休假時間短，我就會坐船去澎湖陪他，然後吐得亂七八糟，因為我不敢坐飛機，我不能理解一塊鐵為什麼能夠在天上飛來飛去。當孫大勇告訴我他去過哪些國家時，我只能羨慕地問他，「從台北搭車到得了嗎？從台北搭船到得了嗎？」

他只會給我白眼。

好不容易熬到王靖退伍，我才有談戀愛的真實感，兩個人每天膩在一起。如果官敬磊也在台灣，我們還會來個三對約會，或一起去旅行。我和王靖、官敬磊和明怡、尚昱學長和依依，偶爾孫大勇會摻一腳，帶上他的電動。立湘是完全無法參與，因為她不喜歡出門，尤其是要在外面過夜。

那段日子是我最幸福的時光，我最愛的人和朋友都在我的身邊。

但是，每一段感情都需要被時間和現實檢視。

王靖的工作越來越忙，有時候一天也沒能講到一通電話，三不五時就得夜宿公司，好不容易碰個面，公司電話來了，他又得馬上回去覆命。

而我也開始準備自己早餐店的開業事宜，光是地點就找了好久，要不是離家太遠，就是店面所在地人潮不多。後來，是原本在家附近巷口開中藥店的吳爸爸因為身體不好，打算把店收起來，問我要不要租下店面。吳爸爸從小看我長大，給了我很好的價錢，還保證十年內絕不會漲我房租，於是我非常幸運地在巷口開起了早餐店。

開店前準備的階段，每天都在試做料理，跑整個作業流程，全身都是油煙味，那時王靖還說他覺得很香，很有家的味道。但日子一久，他開始和我保持距離，不牽我的手，也不願意擁抱我。有一次，才剛見面他就說要回家，因為我身上的味道讓他隱隱作嘔，那天晚上，我躲在棉被哭了很久。

我知道他變了，但我不肯承認他變了。

有一次，晚上去超市採買，巧遇王靖的同事，他問我為什麼昨天沒有去參加王靖的升職 party，我才知道他升職了。我為他找了個忙碌的藉口來安慰我自己，回家後，我用最快的速度做了一個小蛋糕，然後衝到他的租屋處門口等。

這間套房是我幫他找的，因為他很忙，沒時間看房子。一開始，他的薪水還沒有那麼高，我幫他付了幾個月的房租，裡面的家電和生活用品也是我一樣一樣買來，讓租屋的地方看起來像是一個家。

突然間，有一天他告訴我門口的鎖壞了，他換了一組新的，卻一直沒有給我新的鑰匙，理由不外是忘了帶，總說下次再拿給我，結果我什麼都沒拿到。

所以，我只能站在外面等待，等了兩個小時，撥他電話也沒有人接，直到我打算要回家時，才看見他牽著一個女人走過來，兩個人有說有笑，還鼻子碰鼻子。我被這景象嚇到完全不能動，等到他們再走近一點，我才發現他牽著的那個女人是他公司的助理，之前碰到我，還會大聲喊我「樂晴姊」。

他們兩個也發現了我，一瞬間，三個人站在原地，沒有人說話。重點是他們兩個人的手也一直沒有放開，我想，這也就沒什麼好多說的，我把蛋糕盒往王靖的臉上砸過去，便轉身跑開。

原以為他會追過來抓住我的手，對我說一聲，「我錯了，請妳原諒我。」

但他沒有。

整整一個星期我像行屍走肉一樣，被油鍋燙到沒有知覺，被刀子割傷沒有反應。依依他們一直問我發生什麼事，我只能告訴他們，「沒事。」因為我還在心裡期待王靖會來找我，會來告訴我他最愛的還是我，那我就會原諒他，我們可以回到過去一樣。

但他一直沒有來找我，倒是孫大勇突然間跑來早餐店，把我拉出去大聲吼了我一頓，因為他出團準備從加拿大回台灣時，在溫哥華機場看到王靖和那個女人摟摟抱抱，才知道王靖劈腿。我到現在都還記得他對我說的那一句話，「我認識的林樂晴雖然運氣不好，但她不會作賤自己。」

那一瞬間我才驚醒，不能再等待，也不需要再期待這樣的人。

我鼓起勇氣把這件事情告訴依依她們，她們也氣得破口大罵，但不是罵王靖，是罵我，罵我有事不說，把她們都當空氣；罵我自己一個人承受，害她們變得沒有義氣；罵我腦子進海水，還想等那種人回來。她們每罵一句，孫大勇就在一旁鼓掌叫好，順便打他的電動。

後來，有一次我和依依去吃飯，她不小心透露，王靖只要訂機票，孫大勇就會動用關係讓他訂不到，不然就是讓他滯留在國外。聽說王靖先前去菲律賓出差時，就卡在機場三天都回不來。

說真的，我還真看不出孫大勇他家那間破爛旅行社這麼有能耐。

我應該覺得高興的，心裡卻泛起一陣陣的苦澀。畢竟是自己愛過的人，雖然他背叛

不好。了我，我還是希望各自過好自己的生活，這樣就夠了。至少，和他分手後我並沒有過得

於是我叫大勇不要再理會王靖，但他的眼睛還是炯炯有神地直盯著電腦螢幕，一隻手操作上下鍵，一隻手猛按空白鍵，喇叭一直傳來噠噠噠噠噠的聲音，淡淡地回了我一句，「不要。」

我被無視，只好先順手拔掉他的電源線，再揍他幾下，他才答應我不會再整王靖，然後崩潰地重新打開電腦，一直罵我對電腦不敬，以後會有報應。他不停在我耳朵旁碎碎唸的聲音雖然有點吵有點煩，但我其實是感動的。

他碎唸的那一句使我印象深刻，「誰叫他要欺負妳。」

有些感動，一記住，就是一輩子。

第二章——

總是不小心就讓自己陷入兩難

和王靖分手後，我就再也沒有見過他。偶爾在路上遇到共同認識的朋友，也只是輕輕點個頭打招呼。過了這麼多年，我幾乎快忘記王靖長什麼樣子，但他今天一在我面前出現，就像是有人拿把鐵槌敲破了我的記憶水盆，和他有關的一切回憶全都流了出來，止也止不住。

「沒事吧？」明怡的詢問把我從回憶洪流裡拉回來。

我清了清喉嚨，微笑地點點頭。

依依馬上吐槽我，「皮笑肉不笑的，妳確定沒事？」然後拿出她的氣魄，一臉不爽地繼續說：「當初要不是妳太晚告訴我們，我怎麼可能放過這種人，沒想到今天還會再遇到，不就是注定要讓我教訓他一下嗎？」

她所說的教訓，如果你以為只是走去站在他面前開口罵幾句，那就大錯特錯了。按照依依的個性，她可是會伸手翻桌的人。想當初我們年輕時去夜店喝酒，她翻桌子的次數比她喝醉的次數還多。

我著急地想開口制止她，尚昱學長已經送上冰涼的梅子茶到她嘴邊，還拿了旁邊的菜單幫她搧風消火氣，「請依依大人冷靜一下好嗎？現在跟我們完全沒有關係的人，教訓他不嫌費力氣嗎？」

我感激地看了學長一眼，他拋給我一個媚眼，但頓時我很想吐。

明怡接著說：「當作沒看到他就好了，反正我們也快吃飽了，吃完走人，以後也不會再遇到。」

立湘在我旁邊猛點頭，再把筷子放到我手上。

我趕緊挾了塊老皮嫩肉到依依碗裡，「對嘛！他跟我早就沒有關係了，都那麼久了，我是個向前看的女人好嗎？」

只是被回憶侵蝕的感覺有點陌生而已。

「妳是向錢看吧！明明累得要死，也請了工讀生，還老是要去早餐店忙，妳是勞碌命喔？我早上經過早餐店，琪琪跟我說妳昨天流鼻血了，妳是打算把鼻子裡的微血管都操爆了才要休息嗎？」依依的表情緩和許多，但語氣還是一樣犀利。她不能結婚，因為她結婚之後一定會變成犀利人妻。

好，不好笑，我知道，就像這樣遇到前男友，我也覺得很難笑。

琪琪明明是我請來的店長，結果根本就是個內賊，依依和明怡都私下交代過琪琪，如果發現我的身體有狀況，要隨時跟她們回報。

因為早餐店開始營業後，我每天早上四點起床，打烊之後還要備貨、清點庫存、結帳、整理各式報表，再加上王靖劈腿帶來的打擊，我整整大病了一個多月，姊妹們以及孫大勇輪流到醫院照顧我。從那次開始，只要太累，我就會發燒或感冒，所以我的工作時數倍受監控。

我乾笑了兩聲，若無其事地繼續吃東西，解決尷尬最好的辦法就是裝傻，這是老天爺給每個人都公平擁有的權利，看你要不要拿出來用而已。聰明的人一天到晚用，老實的人一輩子都不見得用過一次。

快速地解決食物，官敬磊和明怡先去結帳，立湘和依依一人一邊勾著我的手，尚昱學長則是走在我後面，斷絕我和王靖任何眼神甚至是空氣上的接觸。我差點錯覺我是Lady Gaga被保全護送著，一走出門口，我差點大唱〈Poker Face〉，再加上性感的M字蹲。

「你們可以不要那麼誇張嗎？」我笑著說。

「如果有一天我跟康尚昱分手，不告訴妳，自己一個人傷心，吃什麼吐什麼，一星期睡不到十個小時，最後還病倒在醫院一個月的話，妳會不會跟我一樣誇張？」依依認真對我說，她知道我曾經多愛王靖。

我點了點頭，她們對我的關心，我真的都知道。

站在一旁的尚昱學長滿臉委屈，「可以不要拿我們當比喻嗎？感覺很不吉利耶，壞兆頭，呸呸呸，我們才不會分手。」

依依白了學長一眼，但眼底都是甜蜜，我隔在他們兩人中間好像第三者，馬上把依依還給學長。

官敬磊和明怡結完帳，走到餐廳外面和我們會合，大家稍微聊了一下便原地解散，因為官敬磊和明怡要去育幼院看小朋友，依依和尚昱學長要去 IKEA 買東西，立湘有事要回新竹家裡一趟，我這個單身的人，不知道要去哪裡。

「還是妳要跟我們一起去？」依依和明怡同時說。

我搖了搖頭，知道她們擔心我毫無預警地碰見前男友的心情，都想要陪我，但我已經和以前不一樣了，我早就學會堅強地處理自己的情緒和悲傷，只不過是碰見前男友而已，又不是世界末日。

送走了兩對恩愛的情侶和完全不想談戀愛的立湘，周圍一切都安靜了下來，空虛感說來就來。我忍不住在心裡嘆一口氣，這時候，只有甜食可以對抗空虛，所以我決定去買冰淇淋和一點水果，回家自己做下午茶。

才踏出第一步，我的手機就響了。看著螢幕顯示的來電，我開心地接了起來，喊了聲，「姑！」

電話那頭，大姑姑的興奮也不亞於我，用帶著笑意的語氣開心地回應我，「我的姪女在幹麼啊？」

「中午跟明怡她們吃飯。」我說。

大姑姑嘖了一聲，「什麼時候可以聽到妳是跟新男友一起吃飯啊？」

「只能問天問地問神明了。」我無奈地回答。我也不是不想交男朋友啊！就是沒有對象，我也沒辦法。

「不爭氣！下星期記得去向妳爸媽懺悔，都三十歲了還沒一個對象，不覺得對不起妳爸媽嗎？」

大姑姑教訓的是，但是為什麼是……「下星期？」我疑惑地問。

大姑姑的聲音馬上變得驚慌，著急地在電話那頭問著，「妳不會忘了吧！下星期三是妳爸媽忌日，要去祭拜他們，妳不會忘得一乾二淨了吧！妳如果忘了，我怎麼對得起我弟弟和弟妹，他們會怪我沒把妳給教好！」

「姑，妳可以 calm down 嗎？我沒有忘記七月三十日是爸媽的忌日，我只是忘了下七月三十日是在下週。」爸媽離開的日子，就像刺青刺在我的血肉裡，我永遠永遠沒有辦法忘記。

「記得就好！」大姑姑鬆了一口氣，繼續問：「大勇咧？」

「找他幹麼？」每次打電話給我都是要找大勇，都不覺得對不起我嗎？都不問我最近過得好不好，是不是瘦了，有沒有什麼傷心的事，只會問：大勇咧？

「找他說說話啊！欸，妳知道嗎？上星期我跟妳姑丈去日本四度蜜月，大勇幫我們找的溫泉飯店超棒的！東西好吃，服務又好，湯還隨便你泡，還送我們一瓶紅酒，上面寫了我跟妳姑丈的名字，妳姑丈開心死了。」雖然是透過電話，但我可以想像大姑姑的嘴角已經裂到後腦杓，幾乎快可以繞地球一周了。

我非常不悅地說：「我怎麼會知道？妳根本就沒有就有告訴我，妳、要、和、姑、丈、去、四、度、蜜、月！妳就什麼事都跟孫大勇講就好啦！孫大勇才是妳的親人，我不是啊！」

大姑姑馬上反駁，「我沒有跟妳說嗎？我明明就有，一定是妳忘記了，絕對是妳忘記了，我跟妳說的話，每次妳都嘛當耳邊風，還怪我什麼都沒有跟妳說，是妳沒有心當我姪女好嗎？不說了，我傷心死了，我要去泡個澡。」

我還來不及開口，電話那頭已經傳來嘟嘟聲。

最好每次都用這招，明明就是她沒告訴我，還硬說是我忘記。我是偶爾迷糊，但沒有失憶症好嗎？每次先生氣的是我，到最後都變成我在向別人道歉，我的人生真的很沒有道理。

我就是天生輸家，已經輸到脫掉八萬條褲子。

嘆了一口氣，把手機丟進包包，我不做無謂的掙扎和傷心，因為那簡直比買了早餐才發現忘記帶錢包一樣蠢，反正我從沒有贏過大姑姑，乾脆習慣輸的感覺。於是我灑脫地轉身往捷運站方向走。

此刻，卻有人從後頭叫住了我，太過熟悉的聲音狠狠撞擊我的心，讓我不知道該繼續往前走還是轉身面對。

我停頓了五秒，深呼吸，繼續往前走。

那個聲音再次叫住了我，「小晴！」

我想假裝沒有聽到，但沒有辦法，因為王靖已經跑過來直接站到我的面前，臉上的眼鏡，還是他找到工作時我送他的就職禮物，身上依然穿著我最喜歡男生打扮首選的襯衫，流露出一向吸引我的斯文氣質，但王靖這個人已經無法吸引我了。

「我有點話想跟妳說。」

我看著他，不知道該做出什麼表情，更不知道他想跟我說什麼。五年多前背叛我的時候，怎麼一句話都不說？沒有解釋、沒有道歉，不接我電話，不願意見我，我只能不停等待，直到兩個星期過後，收到他寄來給我的包裹，裡面全是我的東西，我才知道我被甩了。

那時候沒話好說，五年後還能說什麼？

「我不想聽。」說完，我直接越過他往前走。

他轉身跨步攔在我前面，一臉又著急又誠懇的表情，「給我五分鐘就好了，只要五分鐘。」

我看著他，冷淡地說：「你還有四分三十二秒。」

如果我不要聽他說，除了把他打暈，就是我要報警。前者是我怕髒了我的手，後者是我不想把一點男女感情事鬧到警局，警察又不是閒閒沒事做。

看到我停下來，他鬆了一口氣，然後很認真地看著我，「我想跟妳道歉，我真的沒有想過要傷害妳，很多事情一旦發生就無法收拾了，是我太懦弱，我不知道怎麼面對妳，才會一直逃避，讓妳受到這麼大的傷害，我真的很抱歉。」

如果是五年前在他家樓下的那一晚聽到這些話，我或許會因為他句句深刻的歉疚話語心軟，我或許會因為他愧疚不已的表情心疼。但時間已經過了太久，久到傷口早就變成不會疼痛的傷疤。

有些道歉，時過境遷，就再也沒有必要了。

「喔。」我回答，「要是已經說完，我就先走了。」

他又攔在我面前，我都不知道自己什麼時候變成包青天，一直被人攔轎喊冤，我明明就是以竇娥的角色活躍在這個世界，有誰比我更需要包青天？

「小晴，妳不能原諒我嗎？我真的知道我錯了，我沒有奢望什麼，只求妳再給我一次當妳朋友的機會，好嗎？」他以哀求的語氣說著。

我想都沒有想，完全沒有任何考慮就回答，「不好。」

雖然我朋友很少，也沒有閒到去抓一隻蟲放在自己身上招癢。是不會痛了沒錯，是沒有感覺了沒錯，但不表示過去那一切都沒發生。各過各的生活，總比我一看到他就想起他劈腿的事來得好吧？

不是和平分手的戀人，請不要妄想當朋友。就像我媽給了我平胸的基因，我就不要妄想可以擠出大壕溝，做人要有基本的自知，千萬不要沒那個屁股去吃那個瀉藥。

聽了我的拒絕，他失望地看著我，可是我幫不了他，只能緩緩地說：「我接受你的道歉，我也可以原諒你，但只有這樣而已，其他的我無能為力，找一個被你劈腿過的前女友來當朋友，說真的，我沒有那麼大的肚量，祝你……鵬程萬里展翅高飛。」

我話一說完，王靖還想開口說些什麼的時候，我已經快步走到路旁，手一伸，計程車三秒鐘內停在我眼前。我開門、上車、關門，跟司機說明去處，轉頭看到車窗外的王靖還愣在原地，或許他還不能適應已經不愛他的我吧！

五年後遲來的道歉。我忍不住笑了出來，時間真是狠狠地幽了我一默。

去市場買了一大堆材料回家，對著空盪盪的房子，突然有一種女兒都嫁出去的感覺，然後忍不住想到我爸媽，如果他們還在，我結婚離家時，他們應該也會像我一樣，不想寂寞卻又忍不住寂寞。

回房間換好衣服，走進廚房，打算用料理來填補空虛時，依依竟然回家了。她從門口走進客廳，我邊整理食材，邊好奇地問她，「怎麼那麼早回家？不是要去 IKEA？」

依依癱在客廳的沙發上，慵懶地回應，「沒看到想買的，而且康尚昱和大學同學約了打保齡球，我不想去，他只好先送我回來啊！妳在幹麼？」

「做水果鬆餅啊！」我從冰箱拿出鮮奶，再從櫃子裡拿出麵粉。

「我也要吃！我要蜂蜜的。」一聽到有甜食吃，依依馬上坐直，大聲地對我喊。

「知道了！」我笑了笑，然後先從冰箱裡拿出昨天削好的水果拼盤，端出去給依依吃。

她和明怡兩個人只有在家裡才會正常進食，她們一忙起來，不是一杯咖啡隨便喝喝，就是兩口餅乾解決一餐。食物對我們人類是非常重要的，吃健康的東西才會有健康的身體。

她拿了顆櫻桃放進嘴裡，順便問我，「大勇什麼時候到台灣？」

又是大勇！

我沒好氣地回答，「明天啦！」我又不是他的保姆，但每個人都要問我。

依依知道我為什麼煩躁，馬上假笑著說：「幹麼這樣啦！他的事我問妳比較清楚啊！我們老闆下星期臨時要飛紐約，我需要大勇幫我訂機票和房間嘛！而且孫大勇很懶得接我電話好嗎？常常我早上打電話給他，他要不是晚上就是隔天才回電，直接問妳比較有效率啊！」

「妳少來！」我回到廚房，繼續做鬆餅。

依依突然跑進廚房，坐在餐桌前，對著我的背影說：「林樂晴，我知道妳不喜歡大家說這些，但是身為姊妹，我真的好心勸告妳一句，大勇怪是怪了點，但他很善良，妳真的不考慮他一下嗎？他在妳身邊任勞任怨這麼多年，妳真的不看他一眼嗎？」

我和孫大勇的協定，使得他們大家對我們兩個人的關係都一頭霧水，依依老是說大勇一定是喜歡我，才會讓我這樣指使他，但是孫大勇是不可能會喜歡我的，我絕對不是在拍《我可能不會愛你》第二部，就算我跟林依晨一樣甜美可愛，孫大勇也不會是陳柏霖，對不起張孝全之後，不能再對不起陳柏霖了，第二部還是留給原班人馬就好。

孫大勇可以拍阿拉丁2，扮演不用摸神燈就會自己跑出來的精靈。

「我哪裡不看他一眼了，他只要沒事，人不是在早餐店就是在這裡，平常妳一天就能看上他好幾眼，更何況是我。」我澄清。

「我說的不是這個意思，是你們有沒有發展的可能啊！每次講這個妳都超會轉移話題，不然妳是總統府發言人嗎？」依依不滿意我的回答，走到我身旁攻擊。

她看著我，等待我的回答，我也看著她，不知道怎麼回答。

我要怎麼告訴她，孫大勇不會喜歡我，是因為他喜歡的是別人，一個他愛了十幾年的人，黃子芸。

畢業典禮的那天晚上，同學們開心地約去喝酒，孫大勇還是老樣子待在旁邊打電動，結果被大家拱出來喝酒，猛灌了好幾杯混酒。本來以為像他這種痞子混混，喝酒對他來說比打魔王還要簡單，結果他居然狠狠地醉了。

他不停地發酒瘋，跑去隔壁桌裝瘋賣傻，還對著店老闆娘唱歌，差點連脫衣舞都要跳了。大家很沒有義氣，都說有事要先離開，然後一秒消失，或說家裡有門禁，轉頭就不見人影。就連官敬磊來接明怡時，也只看了一眼孫大勇，對我說「交給妳了」，之後就和明怡消失在店門外。總之，最後只留下我跟孫大勇。

我邊結帳，邊不停地向所有人道歉，但我懷疑孫大勇根本就是清醒的，只是因為不甘心我一直使喚他，為了整我，所以才裝瘋賣傻，想要我收拾殘局。結完帳，我才剛要把錢收進錢包，他就興奮地又叫又跳跑了出去。

我只能追在他後面跑出去，「孫大勇！你在幹麼？不要亂跑！」

結果他跑得更快，兩隻腳卻絆在一起，重重摔在地上。我嚇得趕緊去把他扶起來，沒想到連額頭都摔破了，血還緩緩滲出來。不過，看起來並不到要送急診的程度，所以我趕緊攔了輛計程車，請司機跟我一起把他扶到車上。

司機一坐上駕駛座，就笑著對我說：「同學，這種不會喝酒的男朋友，要趕快分一分啦！不然這種的以後很容易被仙人跳喔！」

「他不是我男朋……」我才反駁到一半，坐在一旁的孫大勇居然好大的膽子一手摟住我，另一手還往我的臉猛摸。我嚇了好大一跳，話都講不出來了。

司機從後照鏡看到這個景象，大笑了好幾聲。

我氣得想拉開孫大勇的手，他越像八爪章魚那樣黏住我，甚至更得寸進尺，抓住我的臉親個不停，臉頰、額頭，鼻尖，邊親還邊唸著，「子芸、子芸……子芸……」

我愣住了，滿腦子在想，子芸是誰？學校裡的同學、學妹的名字，全在我腦子裡快速跑過一次，有子琪、子柬、子環，就是沒有子芸。

我甚至開始想著，其他科系我所知道的人當中，到底有誰叫子芸，正開始要搜索記憶，孫大勇居然侵犯了我的嘴唇。我腦筋空白了兩秒，隨即嚇得把他推開，他的後腦杓撞上車窗玻璃，發出好大的聲響。他吃痛地大叫，但我沒有想要放過他，開始往他身上猛打。居然敢對我亂來，我怎麼對王靖交代？自己的女朋友居然和別的男人親……我絕不承認這個叫親，居然和別的男人嘴唇碰嘴唇，我們王靖該會有多難過？一想到這個，我的手就停不下來，像裝了十顆金頂電池一樣，耐力超久。

孫大勇醉醺醺的，完全放任我的攻擊，然後不斷叫著啊、啊、啊！

司機在前座緊張地說：「小姐，不要再打了，我這台新車還在繳貸款，萬一出了人命，我以後是要怎麼做生意啊！放過他吧！」

我不要。

一想到孫大勇嘴唇的觸感，我就發瘋似地更用力打他，司機也越開越快，只花三分鐘就到了孫大勇家門口。司機把我和孫大勇拉下車，就快速離開現場，我連錢都還沒付給他，人就不見了，是有多不想賺我錢？

我看著躺在柏油路上開始昏睡的孫大勇，本來打算把他直接放在這裡，但想起他家旅行社一樓有監視器，只要調出來一看，就會知道我多沒義氣。我只好深呼吸一口氣後，轉身走到門口按了二樓住家的門鈴。

「你這兔崽子能不能有一天帶個鑰匙啊！」孫爸爸睡意曚曨的聲音從對講機裡吼了出來。

孫爸爸外表很高大，皮膚黑黑的，臉部表情總是非常緊繃，不說話的樣子非常嚴肅威武，淑鈴姊常說孫爸爸是她心目中的台灣黑熊，稀有又珍貴，孫大勇還跟我透露過，他爸爸年輕時有很長一段時間是混黑道的，直到他出生才金盆洗手。

孫爸爸看起來凶狠，卻非常愛護小動物，光在一樓旅行社就收養了六隻流浪狗，每隻都是店狗，二樓家裡養了一隻十二年的紅毛貴賓叫大花，時常能看到孫爸爸溫柔地抱著只有他手臂一半大小的大花，跟牠聊天說話，還會裝可愛逗牠。

溫柔與威猛並存的一個男人。

我恭敬地回答，「孫爸，我是樂晴。」

話才講到一半，孫爸爸馬上語調變軟，比軟腳蝦還軟，在對講器前好聲好氣地說：「樂晴啊，這麼晚了找大勇嗎？他好像還沒回家耶。」

我笑了笑，「我知道，剛剛和同學們一起聚餐，可是大勇喝醉了走不動，現在躺在地上。」

孫爸爸迅速關掉對講機，不到一分鐘，我就看到一樓鐵門開始向上捲，孫爸爸推開玻璃門走出來，穿著一套和他很不搭的水藍色哆拉A夢睡衣。雖然一年多來和孫大勇的家人處得非常好，但我還是第一次見到這麼萌的孫爸爸。

沒來得及打招呼，孫爸爸就走到孫大勇旁邊，彎腰拿起腳邊的拖鞋，像準備打蟑螂那樣準備打孫大勇。我馬上走了過去，「孫爸爸，不好意思，都是班上同學起鬨才會這樣，大勇本來是沒有要喝的。」想到他剛才被我揍那麼久，只好幫他一次。

孫爸爸馬上放下拖鞋，轉身笑著對我說：「這樣啊，那我們一起扶他上去。」

啊？我也要？

看起來是沒有拒絕的空間，我只好跟孫爸爸一人一邊扶他上樓，把他丟在他全是漫畫雜誌的床上。孫爸爸看著孫大勇，突然指著他的臉說：「這小子額頭是撞到啦？」

我點了點頭，「喝醉時摔倒了。」

「那妳幫他擦點藥，我老婆睡了，她的美容覺時間，叫醒她可不行。我去睡啦！妳回家小心一點。話說時間也太晚了，不如就在這睡了吧！晚安。」孫爸爸一說完，沒等我回答，就轉身出去拿了醫藥箱進來放下，打了個哈欠就離開了。

我才不想幫他擦藥。

看他睡得一臉爽快，我的心情就更不好。完全想不出來子芸是誰，我的心情更煩躁。喝醉了隨便碰我嘴唇，讓我的心情更是憤怒！

他是醉了，明天醒來，什麼都可以當作沒有發生，可是我沒醉，我非常清醒，發生的每一件事都會記得非常清楚。

耳朵旁不停傳來他打呼的聲音，心煩得不得了，只好打開醫藥箱，拿出生理食鹽水往傷口噴去。孫大勇皺了皺眉想要翻身時，我快速地拿了片ＯＫ繃狠狠往他傷口貼去，他痛得叫了一聲，又睡著了。

我再補踢了兩腳後才回家。

後來我始終沒睡著，到隔天早上都一直清醒著，不知道為什麼腦子不停浮現子芸這個名字，她到底是誰？眼裡只有電動的孫大勇居然會這樣惦記一個人，她對孫大勇來說很重要嗎？是女朋友嗎？這些問題我問了自己一整夜。

連早上王靖打電話要約我吃早餐，我的胃都不知道搞什麼鬼，一點食慾也沒有，躺在床上連動都不想動，一直到門口傳來敲門聲，「喂！妳醒了沒？」

我看了一下床頭的時鐘，居然已經十點半了，我竟為了孫大勇浪費這麼多時間！

我立刻下床，打開房門，孫大勇一臉剛睡醒的模樣站在門外，而依依正準備出門，對著我說：「大勇說要找妳，所以我先讓他進來了，我要出去啦！對了，立湘已經去學校了，明怡昨晚沒有回來喔！拜！」她開心地對我揮揮手，就轉身出門。

很好，只剩孫大勇和我兩個人。

我走到客廳沙發上坐著，瞪了孫大勇一眼後，他露出覺得莫名其妙的表情。我勾了勾我的食指，叫他到我對面坐好。他打個哈欠，倒在我面前的沙發上，然後很沒有誠意地說了一句，「我爸說我昨天喝多了，是妳送我回家的，謝啦！」

我淡淡地開口問：「子芸是誰？」

孫大勇好像被一萬伏特的電壓電到，馬上彈起來，十分驚恐地問：「妳剛才說什麼？」

「我說子芸是誰？」我提高音量。

他嚇得好像在我面前全身被扒光，完全反應不過來為什麼我會說出子芸這個名字。

我只好善良地提醒他，「你昨天喝醉了，一直叫子芸，還說我真的很想妳，還說我沒有妳不行，還一直大喊我愛子芸。」後面當然是我加油添醋的，但不丟點誘餌，孫大勇怎麼會上當？

他只驚慌了五秒後，馬上恢復鎮定，「子芸是我爸新領養的狗。」

把我當白痴啊！

我馬上衝過去用手臂扣住他的脖子，抬起另一隻手，用手指猛按他額頭上的傷口。

孫大勇痛得哇哇叫，「你再糊弄我啊！還不講！再不講！昨天盧了我這麼久，我還搬你上車，問你個事情，這麼隨便回答我，你是怎樣？我在你面前都沒有祕密，你現在是對我便祕嗎？」

孫大勇唉唉叫，拉開我的手，「好啦！好啦！我講啦！」

然後我才知道孫大勇居然是這麼痴情的人，高中時和同班的黃子芸談戀愛，上大學時孫大勇的成績明明可以填上台南的一所國立大學，卻為了黃子芸而留在台北和她念同一所私立大學，甚至還在手臂上刺了她最喜歡的哈囉凱蒂。

還好她不是喜歡蚵仔煎，也不是喜歡世界地圖。

大二時，黃子芸全家移民去加拿大，他們只好開始遠距離戀愛，只能在時差間抓緊交集打個電話，不然，就只能等到假日才能聊上一整夜。

「國際電話費很貴耶。」我說。

孫大勇點了點頭，「有一次一個月通話費兩萬塊，差點被我爸打死，所以我就跑去酒店當少爺啊！送個酒叫聲大哥，小費很好賺，我還打算存錢買機票去加拿大找她，結果一年後我就聯絡不上她了，不見了，消失了。」

「她家電話咧？」

「停用了。」

「她的手機咧？」我問

「她沒有手機。」

「那 email 咧？」

「到現在沒有回過半封。」他淡淡地說。

我第一次看到他這麼憂鬱的表情，突然很不適應，甚至有點心疼。我趕緊轉移話題，「沒關係啦！舊的不去新的不來啊！你就不要想那麼多了，放鬆心情，等你之後喜歡上別的女生就會忘記她了。」

「我一定會找到她的。」孫大勇的語氣很堅決，就像在說哪個遊戲三天內一定會破關那樣地有自信，那樣堅定。

我不懂為什麼心底突然覺得很不是滋味，可能是我羨慕黃子芸能被一個男人這樣堅持地愛著。這種奇怪的感覺被我自己的偽善狠狠壓了下去，我笑著用力地拍一下他的背，想給他一點力量，他卻重重咳了兩聲。「沒想到你居然這麼專情，好啦！你一定會找到她的啦！」

有些鼓勵的話其實並不真心，就像很多人會告訴我，「不用想太多啦！你的白馬王子很快就會出現了。」但說這種話的人真的相信這世界上有白馬王子嗎？不，他可能只相信這個世界上有白馬，只是為了順應話題，又或者轉移話題才這麼說。就像我一樣，我打從心裡不相信孫大勇會找到黃子芸。

我也難以置信，找黃子芸這行動，他居然堅持了十幾年，只要旅行社有團要到加拿大，他一定會去，就算沒有出團，只要有一點點黃子芸的消息，他就會往加拿大跑，有時候一年去上五次都算正常。

面對這樣心裡深深住了另一個人的男人，只要是腦子沒問題的女人，都絕對不會讓自己去蹚這灘渾水。我不想跟黃子芸比，那只會讓自己受傷，更何況我這麼聰明。孫大勇還是當我的小跟班就好，一通電話隨傳隨到，修電器、搬重物、跑跑腿這樣就夠了。

「快說啊！妳真的都沒有想過和大勇試著交往看看嗎？」依依急切地問，把我的時空拉回到二〇一四年的此時此刻。

我回過神，繼續攪拌麵粉和雞蛋，笑著回答依依，「沒有。」因為從我第一天認識孫大勇開始，他就是黃子芸的，一直到現在，從來沒有改變過。

依依整個人躺在椅背上，好像前一天狂買特買，結果發現店家今天跳樓大拍賣似地洩氣。不到一分鐘，依依的臉色又開始發亮，用非常甜美的聲音繼續說：「那妳可以答應我嗎？從今天開始想想這件事會不會有發展的可能，好嗎？看來看去，還是大勇和妳最配，你們那麼有默契！」

「我和妳也很有默契啊！妳要不要跟學長分手，和我在一起？」我支持多元成家。

依依瞪了我一眼，「最好每次跟妳說這個妳都這樣敷衍我。妳自己說，大勇從以前到現在都沒交過女朋友，妳交男朋友的時候他還守在妳身邊。世界上他只怕妳一個人，妳交代的每一件事他都不敢說不，難道不覺得大勇很痴情嗎？」

拜託一下，七娘媽觀世音菩薩阿拉真神耶穌瑪莉亞，你們聽聽看，這是什麼樣的世紀大誤會，簡直比賈斯汀比伯是處男還不可思議。孫大勇痴情的對象是黃子芸，他們居然誤以為是我。以我第一次戀愛被劈腿，第二次戀愛被暴力相待，第三次戀愛不了了之的歷程看來，我怎麼可能有這種好福氣？

我的白眼旋轉七百二十度跳躍三圈半才恢復正常，我按捺著情緒對依依說：「我很少求妳，可是我現在鄭重拜託妳，從今以後，不要再有這種荒謬的念頭。孫大勇對我沒有任何男女之情，妳倒不如期待我會嫁給金秀賢！」想到外星人都敏俊，我就忍不住微笑了。

依依大笑了幾聲，走到我旁邊，用食指很輕視地狠狠戳了一下我的額頭，「我還是期待來自火星的孫大勇好了，還金秀賢咧！我去換個衣服，等等我來煮咖啡。」說完還一邊笑著走進房間。

我的心深深受了傷，我不能嫁給秀賢嗎？

好像是不行。

因為晚上我就作了一個夢，夢見我穿著美麗的白紗，手勾著我未來的老公金秀賢一步一步走進禮堂。當牧師問新郎願不願意結為連理，一輩子呵護新娘時，新郎大聲地說了一句「我願意」。我好奇新郎為什麼會說中文，一抬頭，新郎的臉變成了孫大勇。

我馬上驚醒，時間是凌晨四點。

都是依依的關係，害我亂作夢。深呼吸一口氣，我已經完全沒有睡意，決定早一點去早餐店。自從早餐店上了軌道後，我就恢復正常的作息時間，早上睡到八點起床，幫明怡他們做完早餐，我才去早餐店看一下，整理報表清點庫存叫貨，有事就會先離開，沒事就留在店裡直到打烊。

我下了床，進浴室梳洗好，就先到廚房幫依依和立湘煮了點皮蛋瘦肉粥，在留言板留下訊息，回房間換了衣服便準備出門。

才從五樓走下兩個階梯，我的平底鞋居然開口笑了，只好再走回去換一雙鞋。不知道為什麼，夢醒之後，心裡一直覺得很不安，現在鞋又壞了，我總覺得我一走到一樓門口馬上會踩到狗屎。

只好小心翼翼，停、看、聞。

打開一樓公寓大門，我走了出去，天還沒有亮，路燈照得路面一片黃。我抬起頭往前走著，突然間，王靖不知道從哪裡蹦了出來，在我面前站得直直的。我大大地嚇了一跳，忍不住尖叫了一聲，還往後倒退三步。

王靖趕緊走過來拉我，將我的重心穩住，「不好意思，嚇到妳了，沒事吧！」

一回神，我馬上推開王靖，對他破口大罵，「你做什麼啊！一大早的來這裡嚇人很開心嗎？莫名其妙！」

他大概說了一萬句對不起，聽到我耳朵都痛了。我沒有打算再和他打交道，也不想要之後還得去耳鼻喉科掛號，抬起腳步往前走，把他留在我後面。他著急地跟了上來，在我後面說著，「小晴，我不是故意嚇妳的，碰到妳之後，我就一直想到以前那些我們開心快樂的日子，不知不覺就來到妳家門口，不知不覺就待了一整夜……」

就跟五年前的我一樣，傷心得不知不覺就走到他家樓下，傷心得不知不覺就哭了一整晚。我停下腳步，轉過身冷靜地對他說：「是你不要那些快樂那些開心的，現在再告訴我你有多懷念，我需要安慰你嗎？」再次轉身往早餐店走。

忘恩負義的人都需要團購銀杏，記憶力怎麼那麼差。

「小晴。」他又在我後面喊。

我一直往前走，走到巷口，走進我的早餐店。店長琪琪和兩個工讀生妹妹很有精神地對我打了招呼，活力十足，然後也順便朝跟在我後面的王靖喊著，「先生早安，需要什麼早餐嗎？」

我轉頭看著王靖，他也看著我，但我並不打算跟我的員工說明自己和這個男人過去的關係。想吃早餐很歡迎，要再多說什麼別的，我就不奉陪了。我直接走進後面的小休息室準備工作。

攤開營業報表，時間咻一下就過了好幾個小時。我開始覺得肚子餓，打算到外面做點東西吃，結果打開了休息室的門，看到王靖居然還坐在店裡面，面前有一個空盤子和一個空杯子。

我頓時胃口全消，沒想到他還沒有走。

琪琪看到我出來，趕緊來到我旁邊，看了王靖一眼後對我說：「樂晴姊，這個客人從五點多坐到現在快十點了，他一直往休息室的方向看，該不會是妳的愛慕者吧？」

我搖了搖頭，「不可能。」倒楣一次就夠了。

接著我到吧檯幫自己倒了杯咖啡，打算回休息室繼續工作，孫大勇的聲音突然從後面傳來，「我要培根三明治加一份培根多一顆蛋，不要菜，還有冰紅茶！」

我轉過頭看他，不是說今天晚上才會到嗎？現在才幾點？

他看了我的表情，挑了一下眉，「晚上那班飛機座位有點問題，我就先回來了。」

我和孫大勇就是這種默契，我嘴巴都還沒有張開，他就能回答我的疑問。他一開口要說什麼，我就會出手揍他。

我點點頭表示了解。

然後，下一秒孫大勇發現了王靖的存在，我倒抽一口氣，完全忘了王靖還在店裡。他看向王靖，王靖也正看向他，我看著他們兩個，耳朵裡竟傳來西部電影中牛仔準備進行對決的音樂。我著急地想著，我要先跟大勇解釋王靖為什麼會出現在這裡，還是要先把王靖趕出去？

A還是B？一還是二？

我都還沒有決定，王靖已經站起身，緩緩走到孫大勇的面前。我和他們隔著一個吧檯，心跳開始加快，感覺口乾舌燥，忍不住喝了一口手裡的咖啡潤潤喉，試著平復自己的情緒。

腦子裡慢慢浮現他們兩個會像韓劇裡一樣，上演為女主角林樂晴打一架的情節。雖然我譴責暴力，心裡又忍不住覺得浪漫了起來。

孫大勇V.S王靖，到底誰會贏？

任何一種爭吵，只要動了氣，不管是誰都成了輸家。

第四章——

為什麼我會在意？

當王靖站定在孫大勇面前時，他們兩個看著彼此，眼神好像有火花在空氣中交流，劈里啪啦的。頓時我聞到血腥的味道，忍不住對站在我旁邊的琪琪說：「把油鍋和瓦斯關了，刀子收好，等等如果出了什麼事，趕快疏散其他客人，再馬上打電話叫救護車。」

琪琪完全不能理解我在講什麼，在我耳邊「啊」了好大一聲。

我想走出去化解現在這種奇怪的氣氛，才踏出第一步時，就聽見孫大勇先說了第一個字，「嗨！」

王靖先愣了一下，露出淺淺的微笑，對大勇點了個頭，「好久不見。」然後和大勇擦身而過，離開早餐店。

就這樣？

我感到不可思議地看著他們，剛剛腦海裡閃過的一百二十種情節，三百六十句台詞裡面沒有這一幕，也沒有這兩句台詞。我真的以為大勇會抓住王靖的襯衫領子，往他臉上狠狠揍幾拳。

好吧！我失望了，我對自己永遠不可能成為韓劇女主角深感失望，但我也安心了，什麼事都沒有發生，我大大鬆了一口氣。

王靖走後，孫大勇坐在吧檯前的位置，另一個工讀生小美把冰紅茶放到他面前，他喝了一口，就一直盯著我看。我知道他在想什麼，馬上從工作檯走出去，坐到他旁邊的位置上，很嚴肅地對他說：「你不要在腦子裡上演小劇場，是昨天官敬磊請吃飯，在餐廳碰到他，誰知道他就跟到這裡來了。別忘了，我是個向前看的女人。」

他看了我一眼，「妳知道，同一個坑掉進去兩次的話，第一次別人還會覺得妳可憐，第二次就是自己找死。妳應該沒有輕生的念頭吧？自殺不能解決問題，勇敢求救並非弱者……」

我不想再聽下去，把紅茶端到他嘴邊強迫灌食，「喝你的飲料啦！」

孫大勇嗆到，咳了兩聲，豪邁地伸手擦了擦嘴巴，淡淡地瞪了我一眼，表示對於我的粗魯已經非常習慣，接著從口袋裡拿出一個夾鍊袋遞給我。

我看了夾鍊袋裡的東西，開心地打了孫大勇一下。那是我非常喜歡的品牌串飾，可以把自己喜歡的串飾串到皮繩或銀鍊上，創造自己獨特的手鍊，台灣雖然設了很多專櫃，但經常會缺貨，新品也沒有那麼快上市，所以孫大勇出國如果看到新品或是我一直買不到的款式，就會幫我帶回來。

「店員說這幾組都是新的。」他咬了一口三明治。

我看著串飾，笑著點了點頭，「超可愛、超美！」然後把手上的鍊子拆下來，把新的串飾串進去，越串越開心，越串越感覺有一點不對勁，好像少了點什麼……終於，我想到了，好奇地問他，「盒子咧？」

「七、八個盒子很佔空間耶，當然是全丟了，裡面的東西比較重要好嗎？」他快速地吞下最後一口紅茶，然後從另一個口袋裡拿出手機，又準備要玩神魔之塔了，真不懂這種手指在那裡繞來繞去的遊戲有什麼好玩的。

我的串飾寶貝們都有自己的家，怎麼可以把他們放在夾鍊袋裡睡大通舖？講這種藉口想糊弄我？他出國頂多兩套衣服、牙刷和拖鞋，最好行李箱會放不下，當我第一天認識他嗎？

「你要不要想清楚對我撒謊的下場？你是不是又買了什麼電動？不老實說的話，我直接問淑鈴姊喔！看是把你的房間斷電，還是我找一天去你房間碰你所有的電腦和電動？」我是3C滅亡之手，碰到什麼壞什麼。

他嚇得馬上放下手機，非常誠懇地說：「其實就買了幾塊遊戲片。」

「幾塊？」我才不相信幾塊。

「五？」他遲疑地說。

我看著他，臉色凝重，雙手蓄勢待發。他知道再不說實話不行，只好緩緩說出，

「二十五。」

「還有呢？」

「好啦！還有一台 Xbox360 啦！」他最後底線被我攻破。

我忍不住伸手打他，「你真的是要死了你，是要買幾百台電動？你房間已經沒有路可以走了，你、知、不、知、道？」

他用手防禦，還邊回嘴，「機種不一樣好不好。」

我看起來都一樣啊，不是黑的就是白的，哪來那麼多機型，都是廠商賺錢的把戲。我停下手，生氣地看著孫大勇，「你再繼續把錢花在電動上，我就叫淑鈴姊每個月多扣你五千塊，放到銀行定存！」

「好啦！我很久沒有買了，這次是特價，我全部買下來比在台灣買便宜了將近六千元耶，我有精打細算好嗎？而且我媽已經扣我超多錢了。」他無辜地看著我說。要不是淑鈴姊先扣起來幫他買保險、做定存、投資基金，孫大勇這個完全沒有金錢概念的人，可能會以為神魔之塔裡的魔法石可以買兩斤豬肉。

「扣成這樣你還有私房錢買那麼多遊戲片，不預先扣錢的話，是打算投資任天堂公司嗎？還是入股微軟？」即便孫大勇看起來很痞，什麼事都漫不經心，但他對旅行社是有感情的，有關公司的事，他都非常在意也很拚命，他幾乎沒有固定的工作時間，客人隨時會撥電話給他，半夜跑機場都是常有的事。他這麼辛苦賺錢，這樣浪費很不值得，雖然我知道電動是他的命。

「好啦！」他又拿起手機繼續打電動，隨口回應我。

我也懶得理他，準備回到休息室繼續工作。孫大勇看著手機螢幕，手依然在上面繞圈圈，不知道在對誰說：「啊，我媽叫妳們下星期到我家吃飯。」

真的不知道要怎麼改掉他這個一打電動就離不開螢幕的病，我隨口應了聲「嗯」，要打開休息室的門之前，我回頭對孫大勇說：「去前面大賣場幫我買兩包捲筒式衛生紙，我剛才去廁所看已經快用完了，還有，再買兩顆洋蔥和紅蘿蔔。」

他馬上抬起頭一臉哀怨地看著我，「可以晚一點嗎？」

我無情地搖了搖頭，「不行，還是你晚上不想吃海鮮咖哩飯了？我還打算做牛尾巴湯！」孫大勇吃不慣國外的食物，只要一離開台灣就會變瘦。看他還幫我帶了禮物的分上，我當然要幫他補一下，朋友之間不就是互相嗎？

他馬上站起身，但還是邊滑著手機走出去。他對某些事物的執著，不管是電動還是黃子芸，都讓我無比佩服。

回到休息室時，放在桌上的手機剛好傳來嗶嗶兩聲，是收到簡訊的提示音。我走過去拿起手機確認，又是哪個詐騙集團想騙我？什麼黑貓宅急便加上不明連結，什麼民事訴訟加上不明連結，我是倒楣但不蠢好嗎？

點開簡訊，手機螢幕上頭出現一句話和一張圖片。

「我從未忘記妳。」

照片是我小學三年級和爸媽出去玩的時候拍攝的。那時我排隊要買熱狗，可是輪到我的時候正好賣完，當下我傷心地哭了起來，爸爸覺得很好笑而幫我拍下這張照片。我滿臉都是鼻涕淚水，表情世界無敵猙獰，看起來像不見了一千萬那麼傷心，結果只是為了一隻熱狗。

我和王靖在看以前的照片時，他非常喜歡這張，就跟我要了放在他的皮夾裡。他說，心情不好的話，看著看著會忍不住笑出來，心情也會跟著好轉一點。所以諧星對於這個世界有多重要？我也是以當諧星為抱負，帶給世人歡笑，從小被笑到大，我對台北士林區的貢獻多大。

沒想到，他還留著那張照片。

而我已經把所有他的東西丟得一件不剩。

看著簡訊發呆了一會兒，我緩緩地把它移到垃圾匣，對於時間和我的變化，我無限感慨。如果我和王靖沒有分手，一直走到現在，我們會是怎樣？像依依和學長那樣無堅不摧？還是像明怡和官敬磊一樣不怕風雨？

我笑著搖了搖頭，提醒自己，我是個向前走的女人。

所以回到現實、回到生活，我在通訊軟體的群組聊天室裡傳了晚上的菜單，依依說她一定會趕回家吃，明怡說她今天晚班，立湘說好，學長說他也要來，大勇說他沒買到紅蘿蔔。

又來了，他是最討厭紅蘿蔔和青椒的人，每次他去買就會故意說沒有買到，看我晚上怎麼對付他。我加快了工作的速度，要趕快回家燉牛尾湯，因為孫大勇喜歡喝口味重一點的。

做料理最幸福的，就是看大家吃得很香、吃得滿足、吃得快樂、吃得健康，這真的會帶給我很大的信心和勇氣。

除了海鮮咖哩飯和牛尾湯，我又多做了最新研發成功的韓式泡菜煎餅，依依吃了猛說跟她在韓國吃到的一模一樣。立湘已經喝了第二碗牛尾湯，學長直說要外帶，最可怕的就是孫大勇，咖哩飯已經第三盤，牛尾湯不知道喝到第幾碗了。

他低著頭吃飯，右眼看著一旁手機上的遊戲進度，左眼看著盤裡的紅蘿蔔，一塊一塊挑起來，雙手配合得非常之好。我好心提醒他，「孫大勇，你再不把你的 iPhone 收起來，等等我會去摸個兩下，盤子裡的紅蘿蔔如果沒有吃掉，我等一下就跟冰箱裡剩下的一起榨成紅蘿蔔汁，你喝完再回家。」

他馬上停住五秒，然後緩緩地用右手按下手機的 home 鍵，用左手的湯匙舀了塊紅蘿蔔放到嘴裡，咀嚼了非常久。真不知道他為什麼這麼討厭紅蘿蔔，明明是對健康這麼有益的食物。「為了讓能你打電動打久一點，我才要你吃紅蘿蔔耶，維生素 A 對眼睛多好！」我說。

他抬起頭，一臉無奈地吞下那口紅蘿蔔，再快速地喝一口湯，才又繼續舀了另一塊來吃。

餐桌上每個人都對這種情景習以為常，依依把口中的煎餅吞下去後，對孫大勇說：「大勇，你知道我們昨天去吃飯遇到誰嗎？王靖耶，那個王八蛋耶，台北十二區那麼大，沒想到結果竟然會碰上。」

大勇又痛苦地吞了一塊紅蘿蔔後，點了點頭回答，「我早上也碰到他了，在早餐店。」

天啊！我忘了叫大勇別讓依依他們知道這件事，不然依依又要暴衝了。看到她滿臉驚訝，用一副感到不可思議的表情看著我，我都不知道要從哪裡講起了。

依依見我沒有說話，便看著我繼續說：「Hello，林樂晴，妳不解釋一下嗎？現在是演到第幾集？」

我急忙澄清，「沒有第幾集啦！真的，都悲劇收場多久了！我是個……」

「向前看的女人。」依依接著說下去，對我翻了個白眼，接著又說：「拜託一下，全里的里民都知道了好嗎？而且除非你眼睛長在後面，不然誰的眼睛不是向前看？妳怎麼又和王靖扯上了？」

「沒有，真的沒有。」我把昨天下午碰到的事，還有早上發生的事，全仔仔細細交代了一遍。

「這人真好意思耶，羞恥心三個字沒看過嗎？」依依對於王靖的行為很不能接受。

學長看著我，像個哥哥一樣地說：「樂晴，如果是王靖的話，我也會反對喔！」

立湘也對我搖了搖頭。

「我真的不可能再和他在一起了好嗎？不可能，絕對不可能。」我用前所未有的嚴肅態度，很認真地告訴他們。

大家看我這麼堅決，才放我一馬。

我鬆了一口氣，切了盤水果，把他們全趕去客廳看電視，自己一個人整理餐桌，順便洗碗。孫大勇居然沒躺在沙發上打電動，而是站到我旁邊，拿起乾淨的抹布幫我擦碗。我先是驚訝地看了他一眼，接著用力瞪著他，打算把氣發在他身上，「你以為幫忙擦擦碗，我就會原諒你不會看眼色的失誤嗎？你沒事幹麼跟依依提到早上的事？」

「妳不要原諒我，拜託，我故意的，這樣依依才能在我看不到的時候盯緊妳，盯緊王靖，我不想再看到妳為他受傷。」孫大勇低沉的聲音在我頭頂響起，傳到我的心裡，好暖好暖。

我為了掩飾自己的感動，清了清喉嚨笑著說：「不要小看我好嗎？我可是個向前……」

他突然把抹布丟下，「妳一直用同樣的台詞真的很無趣耶，罰妳自己擦。」然後就轉身走掉。

我氣得大吼，「孫！大！勇！」我衝到客廳時，他正好走出去，關上大門，逃得如此剛好。

依依轉頭看我，「從明天開始，我出門的時候妳跟我一起，我送妳去早餐店，如果沒事，待在家不用出去也可以。」

立湘和學長也認同地點了點頭。

我苦笑一聲，覺得他們很誇張。

五年前我到底是被毀滅得有多慘，讓他們如此膽戰心驚？那時候，我只顧自己的傷心，根本沒有時間照鏡子看看自己有多狼狽、有多不堪。從他們的反應看來，那時候的我肯定很糟糕。

晚上，我坐在陽台的涼椅上，看著天空中為數不多的星星，很感謝我自己在每一場愛情的戰役中生存下來了。

接下來，連續幾天，依依都和我一起出門，陪我走到早餐店，她才去搭公車。然後到了下午一點，立湘會來早餐店陪我走回家，孫大勇是一個早上來吃兩三次早餐，我真的覺得警局辦案都沒有他們那麼認真和專業。

「你早上是有多閒？來這麼多次是怎樣？」我問著正在喝冰紅茶的孫大勇，從早上八點半開始，他差不多四十五分鐘就會出現一次，第一次出現時吃了漢堡，第二次出現再吃了兩份蛋餅，現在又剛吃完一份蘿蔔糕加沙拉，還喝掉一杯紅茶。這傢伙，打算把我吃倒就是了。

「就客戶都在附近啊！」他從口袋裡拿出PSP開始玩。

每次用這種理由都讓我生氣，氣他覺得我笨，覺得我智商低，這樣隨便講講我就會相信。我懶得理他，繼續煮咖啡。早餐店今天早上非常忙，有一百份的客訂餐點，來電預訂的也非常多，所以我出來幫忙接電話和做飲料。

轉頭看著忙碌的琪琪和工讀生們，突然覺得很心疼。他們每個人都滿身大汗，還得面帶微笑招呼客人，還得加快速度製作餐點，不能讓客人等太久。就是因為他們每一個人都如此認真負責任，我這個老闆娘才能當得這麼輕鬆，也差不多該幫他們調薪了。

琪琪突然轉過身，我剛好和她對到眼，給了她一個鼓勵的微笑。但她表情有點怪異地走到我旁邊，在我耳旁悄悄地說：「樂晴姊，前幾天來店裡坐很久的那個客人，我發現他這兩天都站在對面的公園一直朝店裡看，好像是在找妳耶。」

琪琪的話使我嚇了一跳，緩緩地往對面公園看去，就發現王靖也正看著我，對我笑了笑。我手上的咖啡差點灑了，趕緊移開視線，小聲告訴琪琪，「不要管他。」

「嗯。」琪琪擔憂地看看我，點了點頭，又繼續說：「應該不是什麼變態吧？」

「不會啦，不要理他就好了。」我拍拍琪琪的肩膀安撫她，她才放心地回去繼續工作。

我實在不明白王靖到底想怎樣，過去的日子他從沒有找過我，我沒搬過家，早餐店也沒換位置，就連家用電話和手機號碼都沒有變過，他有的是機會可以找我，和我聯絡，但是他沒有。

已經過了這麼久，他為什麼還認為我仍然會愛他？仍然會給他一次機會？是他太有自信，還是我在他心目中這麼好騙？

「不好好工作，妳在幹麼？」孫大勇的聲音把我從思緒中拉回來。他雙手撐在吧檯上站了起來，我一抬頭，他的臉只和我距離不到五公分，我嚇得伸手拍了他的臉一下，簡稱呼巴掌，還兩隻手一起。

他痛得馬上坐回椅子，大聲說：「妳的反射神經會不會太好了。」

一下是被王靖嚇，一下又被他嚇，我有一點惱羞成怒，生氣地對著孫大勇說：「你就是欠揍，一天沒被我打皮就在癢，你是不知道人嚇人會嚇死人嗎？」我剛剛真的嚇到膀胱差點解放。

「是妳上班不專心耶，還敢怪我！」孫大勇一臉委屈，撫著紅通通的臉，起身打算離開。「我要去找客戶了，打烊後記得讓立湘陪妳一起回去。還有，晚上要來我家吃飯的事妳不要忘了。」

我有一點歉疚，這幾年來被他訓練得出手太快，「等一下啦！會很痛嗎？需要擦藥嗎？」

他露出可憐的表情看向我，點點頭，「痛死了，我前天補的牙都要被妳打掉了，但是不用擦藥，只要妳答應讓我在妳家客廳裡裝新買的Xbox，我就不會痛了。」

我真的快被他氣死，但還是無奈地點頭答應。客廳那台超大螢幕電視，是立湘參加設計比賽贏來的獎品，孫大勇的夢想就是用它打電動，可是一直被我拒絕，我就知道他不會死心。

「耶！」孫大勇開心死了。

「你可以裝，但要我允許你才能玩。」這是我的底限。

他馬上一秒進入地獄，表情哀怨，低著頭說：「我先走了。」然後落寞地走出我的視線。

我實在是無法理解，怎麼會有人愛打電動到這種境界。

孫大勇走後，早餐店又陷入一波忙碌，而王靖還在對面公園裡站哨。我沒有時間理會他，大家都快累慘了，好不容易送走最後一位客人，還不到十二點，我就把鐵門拉了下來，讓大家休息一下，再叫外送披薩給大家補充體力，宣布今天提早下班。大家都開心地歡呼起來。

最後收拾整理得差不多了，只剩下拖地的工作時，我讓工讀生們和琪琪先下班回家休息。和他們道了再見，望了對面的公園一眼，王靖已經不見了。我鬆了口氣，心情很好地把地拖完。等等要去買材料回來做淑鈴姊的生日蛋糕，晚上還要好好慶祝她的四十七歲生日。

我把店裡整理好，撥了通電話給立湘，告訴她不用來早餐店陪我回去之後，我走出早餐店，按下電動鐵捲門，一回頭，王靖又出現了，我對他的行為感到非常不舒服。

我沒有理他，轉身就走。他沒有跟我說話，只是不停地跟在我後面，跟我上捷運，跟我下車，跟我去材料行，一直和我保持三公尺以上的距離。買完東西，我攔了輛計程車，把他拋在原地，他卻傳了訊息過來。

「能這樣跟在妳背後，是我的幸福。」我又忍不住白眼多轉了七十二圈。

如果是這樣，鬼的幸福指數該有多高？

默默地把這一則冷笑話移到垃圾匣，計程車也已經開到家樓下了。我把王靖這兩個字放在計程車上，沒有帶下車。回到家，我迅速整理所有食材，打算做個榛果巧克力蛋糕。這是淑鈴姊的最愛，而且一定要低糖，她非常注重身材的保養，熱愛運動、跑步，還有上健身房。

蛋糕做到一半，立湘突然從房門走了出來，看到她身上穿著外出的衣服，我好奇地問：「妳要出門嗎？」

立湘滿臉哀怨地回答，「客戶硬要碰面。」

我擔心地看著她，「妳ＯＫ嗎？要去哪裡？」立湘非常怕生，面對不認識的人她會非常緊張，尤其是男生。她幾乎沒有男性朋友，和她比較熟的男生只有三個，就是學長、官敬磊和孫大勇，所以她大部分都用 email 在溝通和接案子。

「嗯，我可以。」但我看得出來她在逞強。

「我陪妳去好了。」我準備脫下圍裙。

立湘走到我面前，急忙說：「不用啦！妳還是幫淑鈴姊做蛋糕就好了。」然後把手上的提袋遞給我，「如果我來不及，這個禮物就幫我送給她，祝她生日快樂，我下次再找時間請她吃飯。」

我點了點頭，「如果時間太晚不敢自己回來，撥電話給我，我去接妳。」立湘除了怕生，還非常怕黑，她都開著燈睡覺，天一暗就幾乎不出門的。雖然她從沒有告訴過我，她是為了什麼而恐懼，但我也經歷過這樣的日子，我可以諒解，就等她願意說的時候再告訴我們。

「好，那我出門囉！」立湘對我揮了揮手後離開。

做好蛋糕，再把自己打理好時，孫大勇也剛好按了門鈴，我開門，轉身打算再回房間戴條項鍊，邊走邊說：「我自己過去就好啦！你幹麼還來接我，東西又沒有很多。」

孫大勇沒有回應我，我再轉過頭去，才發現一切都是我自作多情。他已經把那台 Xbox 帶進來，還帶了一堆光碟，此刻正在跟線材奮鬥，眼裡完全沒有我。他不是來接我的，他是來打電動的。

我心灰意冷地回到房間，戴好項鍊拿好包包，再走出房間，他已經把一切安裝就緒，手裡拿著搖桿。聽到我的腳步聲，又說出欠揍的話，「妳等一下，我測試一下效能就好了。」

今天是淑鈴姊生日的大好日子，我真的不想揍他，雖然早上不小心呼了他巴掌，但那是不小心的。我走進廚房，把冰箱裡做好的蛋糕拿出來，從他和電視螢幕中間穿越過去，到門口穿鞋，然後開門往外走。

孫大勇還坐在原地喊，「等我一下啊！我快好了，妳先不要走啦！」

我懶得理他。

我走到一樓要開大樓鐵門時，他也剛好衝到我旁邊，氣喘吁吁地說：「可以把妳身上的炸彈拆下來嗎？妳是有多急？」

「你可以再多玩一下啊！我又沒有說什麼。」我無所謂地說。

他看了我一眼，眼神表示無法接受我的說法，然後把我手上的東西接了過去，用很不以為然的語氣說：「女人為什麼都那麼口是心非？」

那還不都得歸功於男人的白目嗎？

我狠狠瞪了孫大勇一眼，他馬上變得無比恭順，但來不及了，他之前的舉動已經點燃我熊熊的怒火，而頂嘴的下場，就是在車上被我唸了一整路。最後他越開越快，從士林到土城只花了二十五分鐘。

一到旅行社門口停好車，他就拿著東西快速地往二樓移動。我跟櫃檯的小倩和業務阿雄打了招呼，也跟著走上了二樓，一開門就聞到好香的藥膳味。紅貴賓大花正坐在孫爸爸的肚子上和他一起看新聞，我對孫爸爸說了聲，「孫爸好！」

孫爸抬頭看到我，開心地笑了，「樂晴來啦！來，這裡坐，陪孫爸爸看新聞，看看我們政府有多麼無能！哈哈哈。」

我笑了笑，正想走過去，淑鈴姊從廚房出來看到我，熱情地擁抱了我一下，「唉唷！我們樂晴來了啊！這個孫大勇真的是……東西一丟就往房裡跑，來，試試我剛燉好的十全大補雞湯，這專程為妳燉的，上次大勇說妳感冒了一個多星期，妳就是只會照顧別人，不會照顧自己！來！」淑鈴姊一說完，就牽著我往廚房走。

孫爸馬上開口阻止，「老婆，我才剛要樂晴陪我看電視……」

淑鈴姊轉頭看了孫爸一眼，他馬上笑著說：「沒，沒，我叫大花陪我就好，烏啾啾我們大花最棒、最可愛啦！來，爸比抱抱。」說完又把大花抱到腳上，我好喜歡看外型和舉止很有反差感的孫爸，比大花更可愛。

我笑了笑，跟著淑鈴姊進廚房。她拉我坐在餐桌前，桌上已經擺滿好多食物，有凱撒沙拉、鮮蔬水果沙拉，還有紅酒燉牛肉、烤半雞、西班牙燉飯。另外，還有某知名飯店的包裝袋。

是的，淑鈴姊什麼事都做得很好，就是不太會下廚。

她舀了一碗補湯給我，我喝了一口，味道非常奇妙，是我活了三十年以來第一次嚐到的味道，她著急地問我，「我難得下廚，成果如何？中藥房的人說反正都丟下去一起燉就是了。」

我點了點頭，「嗯，好喝。」願意下廚的人都值得鼓勵。

「那就好，妳多喝一點，等等那一鍋都帶回家！」她心滿意足地對我說。

「好！」

「對了，明怡她們呢？怎麼沒有跟妳一起來？」

「明怡這星期都晚班，依依下班就會直接過來，立湘要去見客戶，來得及就會趕過來。」湯比較不燙了之後，我趕緊一口氣喝光。

淑鈴姊非常滿意地點點頭，接過我手上的碗，突然又抬起頭小聲問我，「那小子這次去加拿大，找到人了嗎？」

「我不知道耶，我沒有問。」以前偶爾會問，但最近幾年來我已經不想問了，一來是因為都太多年了，我覺得機會實在太渺茫，二來是我不習慣孫大勇講到黃子芸時太過溫柔的眼神。

淑鈴姊冷哼了一聲，「真不知道他在想什麼，到底是有什麼好找的？就算找到了，我也不會接受她。每次想到她我就生氣，因為她忽然消失，我差點就失去一個兒子，好不容易有妳，才讓大勇回到正常的生活，這小子眼睛都不知道在看什麼。」

我笑了笑，無法做任何回應。

當年，孫大勇服完兵役退伍的隔天馬上消失，手機沒有任何回應，孫爸爸和淑鈴姊非常擔心，我和明怡撥電話問了所有認識孫大勇的同學、學長姊、學弟妹，但他們都說沒有見到過大勇。

消失到第三天，孫大勇才和我聯絡，撥了電話給我，說他在加拿大，我才知道他跑去找黃子芸。他叫我轉告孫爸爸和淑鈴姊，請他們不用擔心，他過一陣子會回來，然後就掛掉電話了。

哈囉！Excuse me！連當兵的兩年都算在跟班十年的期限裡，已經很便宜你了，結果一退伍就給我無故曠職，請假不跟我打半聲招呼，還敢指使我做事，等他回來我一定讓他好看。

於是，孫大勇整整去了一個月，他好多天才跟我聯繫一次，每次一打電話給我，我就是滿口髒話加恐嚇，但他完全不怕，只叫我好好照顧自己，順便照顧他爸媽，整個非常好意思。

我應該的嗎？

我不是應該，我是活該，活該無法拒絕孫大勇。我於是三天兩頭就去陪淑鈴姊說說話、聊聊天，帶她出去外面走走，讓她和孫爸爸不會覺得太孤單。

但人生總有意外，淑鈴姊因為太擔心他，走路不專心，被摩托車擦撞。她整個人摔在水溝蓋上，輕微腦震盪，左半邊臉從眼睛瘀青到全臉頰，全身還多處擦傷，非常嚴重，住院觀察了好幾天。孫大勇來電時，我就馬上告訴他，當然還要加油添醋外帶濃濃的鼻音，嚇得他馬上去機場候位。

隔天晚上他一回台灣就馬上到醫院，聽淑鈴姊說他被孫爸爸狠狠揍了一頓。他來找我時，比起生氣，我更感到失望。我沒有出手打他，只是冷冷地對他說：「你再怎麼愛黃子芸那是你的事，可是請你記住，你有爸媽，你憑什麼為了一個女人而讓他們擔心你？」

當你告訴一個擁有的人，不要等到失去了才知道珍惜，他們其實不會有任何感覺，因為他們從不覺得他們有一天會失去現在擁有的東西。

和他冷戰了一個星期，他說了八百次對不起，我才原諒他。從此之後，他就只利用出公差或自己旅行的機會去。

到醫院陪淑鈴姊時，她才告訴我，黃子芸消失後，原本大我一屆的孫大勇為了攢錢買機票去加拿大，一直曠課，沒有參加任何一次考試，結果大三時被學校退學，整整半年，整天都關在家，不出房門也不愛吃東西。淑鈴姊看他這個樣子，難過得每天躲在棉被裡流眼淚。後來孫大勇不知道是突然覺悟還是清醒，有一天居然告訴淑鈴姊，說他會去考轉學考，於是，就這樣考進我們學校，成了我同班同學。

即使如此，他依然不愛講話，獨來獨往，問十句話不回答半句，正當淑鈴姊擔心他是不是這輩子都打算這樣下去，有一天我去了他們家，抓住不來開專題小組會議的孫大勇，然後在淑鈴姊面前跟他大吵了起來，我甚至動手打了孫大勇的頭兩下，還用腳踢了他的屁股。

那次之後，淑鈴姊就非常疼愛我，賦予我教訓孫大勇的絕對權利。

「樂晴啊！妳當真對我家大勇一點意思也沒有？」淑鈴姊很快地又把話題繞回來這件事上頭。

我搖搖頭，孫大勇是黃子芸的。

淑鈴姊嘆口氣，「唉，老天就是愛捉弄人，明明是最相配的兩個人，怎麼就是兜不在一起？妳來當我兒媳婦多好，我絕對把妳當女兒一樣疼。」

「現在就跟女兒一樣疼啦！」我老實地說。淑鈴姊對我的關愛，真的和親生女兒沒有兩樣。

淑鈴姊摸了摸我的頭，欣慰地笑了。

和淑鈴姊在廚房聊了沒多久，依依和尚昱學長也來了，立湘還在忙，所以我們大家就先開始吃飯。在來的車上我就先警告孫大勇，吃飯時絕對不能拿手機出來打電動，所以見他沒帶手機認真專心吃飯，都快把淑鈴姊給嚇死了。

「你吃飯不打電動，我真的很不習慣。」淑鈴姊看著自己兒子，一臉不解地說。

孫大勇勉強地扯了下嘴角假笑，接著說出本日最不要臉的一句話，「今天是我媽生日，我怎麼可以打電動。」

淑鈴姊用手刀快速地斬了一下孫大勇的後腦杓，「剛才在房間都玩慘了，還說沒打電動？有誠意的話，讓我把你房間斷電三天。」

孫大勇驚慌失措地喊了出來，「不行！」立刻從椅子後面拿出一袋東西遞給淑鈴姊，狗腿地說：「這是我精挑細選的禮物，媽，生日快樂，我愛妳。」

淑鈴姊開心地接過禮物，看了一眼，對我說：「樂晴，謝謝妳啦！」

孫大勇很不高興，「那是我買的耶，妳兒子從加拿大機場扛回來的耶，結果妳居然跟別人道謝。」

淑鈴姊瞪了他一眼，「對，是你扛回來的，但這肯定是樂晴挑的，你連我生日都記不住了，我還敢奢望你記得我用什麼牌子的化妝品嗎？但是看在你有用心問樂晴的分上，還是謝啦！兒子。」

既然已經開始拆禮物了，大家也就順勢把禮物都拿出來。我從國外網站訂了一支運動品牌的心跳手錶，立湘送了鄭多燕的正版體操ＤＶＤ，依依和學長一起送了兩套運動服。

「本來想買鞋的，但人家說送鞋就是希望那個人離開的意思，我不想淑鈴姊離開我，所以還是買衣服好了。」依依撒嬌地說。

淑鈴姊笑得好開心，輕輕捏了依依的臉，「我一定會穿妳送的衣服去參加下個月的半馬比賽，拿到好成績，再請妳吃飯。」

四十七歲的淑鈴姊要去跑半馬，我只記得漫畫《網球王子》裡的越前龍馬。

我嘆了口氣，真該把日子過得積極一點才可以。

大家聊得正開心時，我放在包包裡的手機響了。我趕緊接起來，是琪琪來電，「樂晴姊，今天訂了一百份餐點的那位客人，明天又要預訂兩百份，他剛剛打了電話給我，說已經把訂購餐點的數量 mail 過來，我 check 公司的信箱沒有收到，會不會是寄到妳的私人信箱了？不曉得他訂了哪些餐點和需求數量，我不能肯定店裡的食材庫存夠不夠，所以可能要麻煩妳確認一下，而且我明天休假，很怕妳們忙不過來。」

「沒問題的，妳好好休假，我會處理的，辛苦啦！」掛了電話，我先用手機 check 我的電子信箱，但它非常會看時機，整個耍傲嬌，跟我鬧脾氣。我把手機連續重開機兩次，但只要一點進信箱就當掉。有誰的智慧型手機比我的手機更沒智慧的？

孫大勇坐在一旁，看著我和手機在打仗，忍不住搖了搖頭，「妳要不要改用我收藏十一年的 Nokia3310？上次有買家出兩萬跟我買，但我沒賣，妳要不要拿去用？妳的手真的比黃藥師還毒。」

我受辱地瞪了他一眼，語氣狠狠的，「電腦借我一下。」

孫大勇點頭表示可以，接著就繼續吃東西。我其實也很佩服他的勇氣，明明知道我是個倒楣鬼，3C毀滅之手，即使弄壞了他兩台電腦、一台 iPad，還有一副藍芽耳機，他還是很大方地讓我用他的東西。

我跑向他的房間，他又在後頭喊，「用靠近窗戶的那一台喔！」

打開他的房門，我很習慣地看著這混亂的一切，得邊走邊把地上的東西移開，才能開出一條小通道，床鋪上一半被衣服佔據，一半放滿了漫畫和遊戲片。我從以前就好奇他到底是睡在哪裡，滿地的電線、電動搖桿，還有雜誌攻略。從他的房門走到窗邊，花了我快三分鐘。

真的很想視而不見，但手癢的我還是忍不住幫他簡單整理一下，稍微摺了衣服，再把雜誌疊好，把遊戲器材收好，地板和床總算空出了一點點位置。走到窗邊的長桌前，才發現不知道什麼時候多了一台電腦，變成兩台。

「那是要用哪一台啊？」我苦惱了一下，發現有一台電腦沒關機，螢幕出現的還是那種老舊的 Windows 98 作業系統的畫面。看到學生時期的產物，實在是太令人懷念了。

才走過去拉了椅子要坐，電腦螢幕的畫面就突然暗下來，我連碰都沒有碰是怎樣？我慌張地拍了拍電腦螢幕，它沒有反應，再按電腦主機的開關，完全沒動靜。

我整個人腦子一片空白，不會又弄壞了吧！

孫大勇剛好在這個時候走了進來，看到我一臉慌張，再轉頭看看畫面全暗的電腦螢幕，表情變得非常凝重，快速地過來重複我剛剛做過的動作，按一次螢幕開關，按一次主機開關。

看到孫大勇這麼嚴肅的表情，我覺得很可怕，趕緊開口解釋，「我才剛坐下，我動都還沒有動，它就這樣了。」

他突然抬起頭生氣地對我大吼，「不是叫妳用靠近窗戶那台嗎？」

他第一次對我這麼凶。

我被他的怒氣轟到頭昏眼花，心裡湧起一陣難過，繼續解釋著，「靠近窗戶的有兩台啊！我看這台沒有關機，就想說用它就好，而且我真的碰還沒有碰到，它就自己……」

他似乎沒有打算聽我解釋，依然對我大吼，「妳知不知道這裡面有多少重要的資料和子芸的照片，妳知不知道這台電腦對我多重要，妳知不知道我找了多少間電腦公司才幫我修到可以開機，我有說妳可以碰它嗎？」

我看著憤怒的孫大勇，突然明白，為什麼之前我不小心弄壞他的3C產品時，他只會看著死去的電腦和iPad，苦笑著唸我，「妳真的是……」而這次卻竟然這麼生氣。因為這台電腦裡面，有他和黃子芸的過去。

我看著他，覺得無法呼吸，他的眼神那麼憤怒，那麼令我感到陌生。

聽到孫大勇的怒吼，大家從廚房跑了過來，淑鈴姊站在房門口，覺得很莫名其妙地問著，「孫大勇，你在吼什麼啊？」

吼我，以為他心裡雖然有黃子芸，但林樂晴對他來說也很重要的這個我。

但是，我錯了。

我快速地離開房間，因為再多待一秒，我的眼淚就要流下來了。

人最愚蠢的，大概就是高估自己在別人心目中的地位。

第五章——

無法控制的，終究還是自己的心

回家路上，坐在計程車裡，委屈得很想掉眼淚。奇怪的是，越想哭，眼淚就越是怎麼都掉不下來，只是心裡一片荒涼，像撒哈拉沙漠。從沒有和大勇起過這麼大的爭執，將近十年來的第一次，獻給了一台舊電腦。

喔，不！是獻給了黃子芸。

從包包裡拿出手機，看著全黑的螢幕，原本只是信箱點不進去，現在是連開機都不能開，我真的是又想哭又想笑。

忍不住開口問司機，「司機先生，你知道哪裡可以治療只要碰到3C產品，那個產品就會故障的病嗎？」我一口氣說完，沒有逗號，因為我真的很想知道。

司機從後照鏡裡偷偷看了我一眼，以為載到瘋子，假裝沒有聽到我說話，但車速加快非常多，很快就到家了。連司機先生都不想跟我聊天，讓我有點受傷。

我緩緩下了車，沒有直接上樓回家，而是轉身走到早餐店附近的網咖，請老闆幫我上網，幫我到信箱裡查訂單，幫我列印相關資料，然後我再趕快離開網咖，我不想害人家生意做不成。

而且現在的我，只要看到電腦就會忍不住難過，孫大勇大吼的音量還一直環繞在我的耳旁，超越杜比音效。

我回到早餐店，先確認了冰箱裡的庫存，回電話給客戶，告訴他訂單沒有問題，請他準時來店取餐後，再撥了通電話給依依。

她一接起電話，幾乎直接要飆髒話罵我，「妳這樣跑出去是幹麼？電話還關機，是想讓大家擔心死妳嗎？淑鈴姊和孫爸爸一直打電話問我，關心妳到家了沒有，妳現在到底在哪裡？」

「我不是故意關機，是我的手機現在完全無法開啟，我在早餐店，明天有一些訂單，我先整理完再回去。妳們不用等我，晚了就先睡吧！對了，幫我撥電話給淑鈴姊，說我到家了，請她不用擔心。」我故作輕鬆地說，但其實聽到依依的聲音，我滿肚子委屈蟲都在作祟，超想爆發。

「妳和大勇是在吵什麼？原本不是還好好的，他是在生什麼氣，氣成那樣？妳又弄壞他電腦了喔？」依依問。

我忍不住苦笑，「對啊！」

依依無奈地回應，「沒辦法，妳真的是很強，但電腦壞了送去修就好了，他幹麼這麼生氣？」

我不知道怎麼回答，也不想回答，只好轉移話題，「我先忙，明天琪琪休假，我先把一些材料備好。」

「妳弄完了就早點回來睡，太晚的話，撥電話給我，我去陪妳。」

我應了聲好，掛掉電話，甩掉煩人的低落情緒，先把洗手間全部清洗一次，再把所有的工作器具狠狠刷過一輪。只有整理東西時，才能放空不去想任何事情。幾乎把整個早餐店都清洗過一次，發現已經半夜三點多了。

接著，把全部的訂單匯整好，我開始煮紅茶、煮柚子茶、煮咖啡，再來備早餐的所有材料，準備做三明治、各式漢堡、各種口味的吐司、可頌還有鬆餅。

四點半，小美一到早餐店看到我，再看到全部都準備好的東西，嚇了好大一跳，「樂晴姊，妳是幾點來的？」

我笑了笑，我是根本沒有回家。

天慢慢亮了，工讀生也都到齊了，快速解決掉所有訂單之後，就是忙現場和打電話預約的客人，一直忙到八點多，依依出現在早餐店門口，生氣地對我說：「林樂晴，妳是不是整晚沒睡？妳看看妳的黑眼圈！」

拿了份剛做好的鮪魚玉米起司鬆餅和咖啡遞給她，我勉強擠出笑容回應依依，「等等比較不忙時我就會回去睡覺了，早餐一定要吃完再開始工作，不要邊吃邊做事，會消化不良。」

事實上，太久沒有熬夜，我的確有點頭暈，但一閉上眼睛，孫大勇大吼的聲音就會一直出現。我只能歸咎是因為鬼門開，我八字太輕才會聽到奇怪的聲音。

依依接過早餐，一臉受不了我的表情，「妳還有力氣管我，拜託妳忙完了趕快回去睡覺！有沒有聽到！」

我點了點頭。

依依走到門口，又突然轉身走回來，「對了，今天一大早大勇打過家裡電話找妳，妳不要跟他生氣了，他崩潰也是應該的，妳也不想想妳弄壞他多少東西。還有，妳的手機快點找時間去修一修……算了，妳現在給我，我等等中午幫妳拿到公司樓下的通訊行維修。」

面對依依的一字一句，我完全不知道該說什麼，只能在心裡深深地嘆氣，回到休息室拿出手機交給依依。她邊走時還不忘邊說：「有空的時候撥個電話給大勇，我聽他聲音好像也是整個晚上都沒睡。」

我苦笑過後繼續工作，這一次真的親身體驗到黃子芸對孫大勇而言有多麼重要。

「樂晴姊，妳要不要回去休息，妳臉色看起來有點差。」小美看著我說。

我搖了搖頭，回去也只是失眠而已。

終於來到早餐店的離峰時間，我回到休息室整理完帳目，再打電話跟廠商補一些貨，拿了包包打算回家，結果一打開休息室的門，就看到王靖又坐在吧檯旁。現在的我完全沒有心情理他，本來也就不打算理他。

我走到前區的煎蛋檯，跟正在煎蛋餅的小美交代一些事，突然間聽到尖叫聲的下一秒，就有人從後面抱住我。然後我聽到鍋子掉到地上的聲音，嚇得轉過頭，王靖竟站在我後面，一臉痛苦的表情。

他背部的衣服濕了一大片，原來是另一個工讀生凱欣在後面廚房煮完紅茶打算拿到吧檯放涼時，因為地板太滑，不小心跌倒，端在手上的滾燙紅茶因此灑了出來。若不是王靖幫我擋住，現在被燙傷的人就會是我了。

我著急地叫其他工讀生照顧凱欣，確定她有沒有燙傷，然後把王靖拉到廚房旁的浴室，拿了蓮蓬頭，水一開，就猛往他身上沖，接著對外面的小美喊著，「小美！幫我拿把剪刀進來。」

王靖開口的第一句就是，「妳有沒有被燙到？」

「沒有。」我無奈地說，倒寧願是自己被燙到，也不希望別人代替我受傷，尤其是他。

小美跑了進來，遞剪刀給我，我把蓮蓬頭交給小美，請她繼續對著背部沖，然後我拉起王靖的襯衫，小心剪開，背上一片紅通通的，但幸好沒有想像的嚴重。

我接過小美手上的蓮蓬頭，擔心地問著凱欣的狀況，幸好她只是滑倒，手掌有一點擦傷，並沒有燙到，我安心了很多。「小美，讓凱欣先擦完藥回家休息，如果哪裡還有傷口還是摔傷，交代她一定要去看醫生，醫藥費我會負責。另外，幫我叫輛計程車到門口，再把我休息室裡的毛巾拿過來。」

小美說了聲好，她一離開，王靖竟還有力氣轉過頭笑著對我說：「小晴，妳變得好不一樣，以前很容易擔心害怕，現在處理事情卻這麼冷靜熟練。」

我沒有回答，不過如果我的轉變需要感謝誰的話，的確第一個該謝的就是他。

「等計程車來了，我就送你去醫院。」我繼續用水沖著他的背，而他依然繼續看著我微笑，我迴避了他的眼神。

小美拿了條大毛巾跑進來，「樂晴姊，計程車司機來了！」

我接過她手上的毛巾披在王靖身上，扶他走出去搭計程車，然後直奔醫院。幸好醫生說只是一度燙傷，幫他上了點藥，叮嚀王靖不要使用肥皂和沐浴乳，不要用手抓，很快就會好的。

醫生的話，讓我放鬆不少。

看診完畢，我要他先在醫院裡等我一下，我跑到附近的男裝店幫他買了件襯衫。衣服是我剪壞的，總不可能要他一直光著上身吧！就算他身材還是保持得不錯，但我一點也不想看。

我把衣服遞給他，「先穿上吧！」

他接了過去，看了一眼提袋內的衣服，微微一笑，「妳還是沒忘記我的尺寸跟我喜歡的顏色。」

我尷尬地揚了揚嘴角，其實我只是隨手拿的。

等他從廁所穿好走出來，我把手上的錢遞給他，他不明白地問：「這是做什麼？」

「都是因為我，你才會受傷的，這只是我一點心意，而且之後你還要回診。」

王靖突然臉色變得很差，對我說：「妳沒有受傷，對我來說才是重要的。我不需要這些，如果妳想表達妳的心意，給我一個微笑說聲謝謝不行嗎？」

我聽著他的話，遲疑了一下，只是，我的猶豫好像傷了他，最後他一句不發地轉身離開了。

我待在原地，心想我什麼時候變得這麼厲害了？二十四小時內惹了兩個男人生氣，我媽在天上應該會為我感到驕傲，女兒長這副德性，竟然還能夠有如此成就。

狠狠嘆了口氣，對於這一切感到無言以對。

回到家，已經下午三點多了。整個晚上沒有睡，再加上王靖的燙傷意外，已經讓我體力不支，從昨天晚上穿到今天的衣服也沒力氣換掉，一躺到床上就陷入昏迷，睡到不省人事。

直到有人猛敲我的房門，我才緩緩醒來。看窗外天色還亮著，應該只睡了一會兒，還來得及做晚餐吧！

我起身開了門，立湘站在我的房門口。她還沒開口我就先問她，「晚上想吃什麼？

我去做。」

她一臉疑惑，愣了三秒後才回答我，「呃……現在是早上九點半了，妳從昨天下午睡到現在啊！」

「啊？」我居然睡了這麼久？

立湘擔心地問我，「妳還好嗎？哪裡不舒服嗎？」我搖了搖頭，可能是太累了，才會睡到完全弄不清楚時間。

她遞了支手機給我，「依依昨天拿妳的手機去修，但維修人員說機板有問題，換機板要六千塊，她直接用特惠價買了支新的給妳，ＳＩＭ卡裝好了，早上我把妳會用到的app都裝好了，大部分功能也都設定完成，妳再開機就可以用了。本來依依要等妳起床，但公司有急事，所以她先去上班了。」

我接過來，感動地向她說聲謝謝。這世界上我不能放棄的除了錢，就是姊妹了。

接著我最愛的立湘姊妹又說了一句，「大勇一大早就來了，他在客廳等妳。」

不，孫大勇不在客廳，而是已經走到我房間門口。我們對看了一眼，立湘對我們說：「我要先去趕案子了。」然後消失不見，只剩下我和孫大勇。

第一次發現，我和他之間，也會出現尷尬兩個字。

不喜歡這種感覺，所以我率先走到客廳，孫大勇的腳步聲就跟在我後頭。一走到客廳，看到桌上一堆水果，我覺得疑惑，他馬上在我後面說：「今天不是林爸爸和林媽媽的忌日嗎？我昨天晚上來，依依說妳睡得很熟，所以沒有吵妳。我怕妳今天來不及去買，就先準備了。」

有兩件事讓我感到震驚。

第一！我居然忘了爸媽的忌日，狠狠地忘記，忘到一個渣都沒有剩。上星期大姑姑才來電提醒過我，我居然馬上就忘了，腦子想的都是孫大勇生氣的樣子。我不禁對爸媽感到深深的愧疚，我真是個不孝女。

第二！應該繼續生氣發火、應該再把我狠狠臭罵一頓的孫大勇，居然沒有對我大聲，講話語調還是前所未有的溫柔，更重要的是，還貼心地幫我把爸媽忌日的祭品都買好了。

我忽然不知道該怎麼反應。

孫大勇給了我一個非常罕見的真誠笑容，對我說：「妳先去洗臉換衣服，我把水果拿下去等妳。妳整理好，我們就可以出發了。」他快步走到桌旁，把桌上的東西都拿在手上，準備出門。

我打了個哆嗦，完全沒有思考能力地走回房間換衣服。不知道孫大勇到底在打什麼算盤，我用最快的速度整理好自己，然後出門。一坐上孫大勇的車，他馬上遞了瓶牛奶給我。

「妳還沒吃早餐，先喝點牛奶。」他說。

我接過來拿在手上，不打算喝。轉頭看向窗外，看著經過的每一道風景，又忍不住想起小時候和爸媽的快樂回憶，真的很想念他們。

「那個……對不起啦！」孫大勇突然開口道歉。

我回過頭看他，不明白他為什麼突然這樣說。他傻笑了幾聲，「那個電腦沒有壞啦！是我一開始插頭沒有插好，妳可能稍微動到電源線，所以它鬆脫了。」

看著他的笑容，我的心情更加沉重，真的是難過也為了黃子芸，開心也為了黃子芸。

我沒有回應，繼續轉頭面向窗外的風景。停紅燈時，孫大勇突伸手摸了我的臉頰，我嚇一跳，轉過頭看他，他的手依然停在我的臉上，一臉正經的表情問我，「妳是不是生病了？」

是的，我病了。

因為我竟然覺得這樣的孫大勇很帥，背後好像有一圈光環，使我不自覺心跳加速。我們就這樣對看了幾秒，但黃子芸三個字好像七月的貞子，突然從我腦袋的破洞裡爬了出來，嚇得我馬上揮掉孫大勇放在我臉上的手，然後開始打他。

「如果生病的話，也都是你害的，自己沒有插好插頭還敢對我凶！你凶屁啊！我是應該被你凶的嗎？也不聽我解釋就大聲吼我，對！黃子芸最重要，我林樂晴算個屁！」

本來只是想掩飾自己的心虛，沒想到委屈卻真的一股腦爆發，越講越想哭，視線開始變得模糊。

「啊！啊！好啦好啦，都是我的錯，好了啦，不要打了，綠燈了、綠燈了！」

聽到綠燈兩個字，我馬上停下手，轉過頭看著車窗上我自己的倒影，眼角剛好緩緩流下淚水。「我跟妳鄭重道歉，十年跟班延長到二十年？三十年？四十年？」他看著我的後腦杓說。

但我不想理他，因為我不想讓他知道我在流眼淚。

他繼續說：「對不起啦！不要跟我冷戰啦，我快兩天沒跟妳說到話了耶，不然等一下妳在林爸爸和林媽媽面前揍我好了，我很樂意，絕對沒有委屈。」

我偷偷擦去眼角的淚水，轉身坐好，假裝沒有哭過，接著清了清喉嚨問：「你這次去加拿大有沒有打聽到什麼消息？」

他突然之間反應不過來，過了十秒才弄明白我在問什麼，聲音瞬間低了八度，「沒有。」

「你要找她找到什麼時候？」我問。

孫大勇沉默了。

一直到了目的地，我們兩個都沒有再交談，下了車，孫大勇從後車廂把東西提出來，走在我前面，很熟悉地拐一個彎，再經過一個轉角，走到爸媽安置的位置面前，很順手地拉出小桌子，擺好所有東西，還幫我點了香，放到我手上，然後站到我背後，一切是如此得心應手。

原本這一天我都是自己來的，只是剛好有一年下大雨，孫大勇自告奮勇載我來，從那之後他就記住了爸媽的忌日，接下來每一年他總是會自動出席，準時出現在我家，對我說：「今天我載妳去。」

所有的一切都那麼自然而然，就變成現在這樣了。

「啊，我忘記買愛文芒果了，林爸爸喜歡的。」孫大勇站在我後面，突然冒出聲音這麼說。

他說的話又把我推到一個奇怪的世界，有點感動也有點抗拒。謝謝他記得我說過老爸愛吃芒果，還指定要愛文，抗拒的是，他為什麼看起來漫不經心，卻總會在某個時刻狠狠貼住我的心，我討厭容易被他感動的自己。

這麼討好我這個老闆，可惜我沒辦法給他工資，他可以說是無償付出十年勞力。

看著爸媽的照片，心裡有很多話，卻不知道從何說起。我第一次在老爸老媽面前不知道該說什麼，只對他們說了一句，「希望你們在另一個世界互相陪伴，可以過得很快樂。」然後把香插好，轉身離開。

孫大勇跟在我後面，說了一句，「今天怎麼這麼快？」

我沒有理他，走到外面呼吸新鮮空氣。放置爸媽骨灰的寺廟，是爺爺贊助建造的，爺爺六十歲後就搬到這裡專心向佛，小時候，爸媽常會帶我來這裡找爺爺玩，讓我在這裡住個幾天，所以辦爸媽後事時，大姑姑就決定讓爸媽和爺爺一起住在這個環境清幽的地方。

我靠在露台的石欄杆旁，孫大勇也走到我旁邊，很悠閒並且沒有意外地拿出手機開始打電動，不經意地問我，「妳昨天和王靖去哪裡了？」

我轉頭看他，盡量不表現出驚訝的表情回應他，「你怎麼會知道？」

「我早上去客戶那裡送護照，想過去找妳，就看到妳和王靖上了計程車，而且他還沒有穿衣服。妳最近玩這麼大啊？」他盯著螢幕，好像在唸台詞一樣隨口問了問。

我也只好隨口回答，「因為他被紅茶燙到了，我送他去醫院而已。」

「下次有這種情形，妳叫我來送，我不只送他去醫院，看要送他去哪裡，我都可以。我就說了，最好不要再和他有任何來往，妳不會知道，五年的時間，人的變化會有多大。」他的眼睛對上我的視線，突然真摯了起來。

「會嗎？你對黃子芸從來就沒有變啊！王靖說他從來沒有忘記我，我應該也可以相信吧。」我其實不想說這樣的話，但不知道是被誰附身了，講話不自覺酸了起來。

孫大勇被我的回應搞得有點煩躁，「妳幹麼一直講到她？」

我偏過頭，不想看孫大勇。這是個好問題，我自己也不知道。

他把手機收起來，斜靠在欄杆上，用很認真的語氣對我說：「我也是男人，我知道男人在想什麼，一個男人劈腿後，五年來對前女友一直不聞不問，現在突然冒出來，還一直糾纏，一定有他的目的。妳又不是不知道，妳最大的弱點就是心軟，我就怕他對妳有別的企圖。」

「那為什麼你就不肯相信，他是因為突然發現我的好，覺得這輩子非我不可？」我知道他的擔心，王靖雖然背叛過我，但他一直是個很善良的人。

孫大勇露出「Come on～Baby」的欠揍表情，「拜託一下好嗎？他跟妳在一起四年耶，又不是四天，妳明明一直很好，需要五年後才突然發現嗎？被雷打到都不會生出這麼強大的領悟！」然後大笑三聲。

他後面說了什麼其實我都沒有聽進去，只聽見他說的那句：妳明明一直很好、妳明明一直很好、妳明明一直很好。因為很重要，所以腦子自動重複三次，心情本來有點悶，突然覺得沒有那麼難過，我低著頭默默地偷笑了。

但手機的鈴聲響起，頓時打斷了我的自得其樂。我看了來電顯示，是大姑姑。

一接起來，大姑姑馬上說：「妳在哪裡？」

「在爸媽這裡啊！」我一頭霧水。

大姑姑用安心的語氣繼續說：「記得去就好了，大勇載妳去的？他在旁邊？」

「對，要幹麼？」跟自己姪女講不到兩句話就又開始問孫大勇，這位女士真的是我親姑姑嗎？

「叫他聽一下。」大姑姑說。

我不耐煩地把手機遞到孫大勇面前，他笑笑地接過，用很甜的聲音喊了聲姑姑，頓時，我的雞皮疙瘩不要說是掉滿地，連歐巴馬剛好走出白宮，我的雞皮疙瘩都會剛好飄到他手上。

他們兩個人開始東聊西扯，還講到神魔之塔，我都不知道我大姑姑什麼時候對手機遊戲也這麼熱中了？聊到抽卡，還聊到組隊。「姑姑，妳可以來我的公會，我的公會已經快七十個人了，這樣妳練等比較快。」

我的白眼已經飛向浩瀚無垠的宇宙了，無法再聽到下去。我轉身回到室內，孫大勇的聲音在後面跟了過來，「好，姑姑，時間差不多了，我下次再跟妳聊喔！」

「連我姑都被你帶壞了。」我走在前面碎唸了他一下，記得上次他還介紹尚昱學長玩英雄聯盟，學長整個像是發現人生的新樂園，上班之外的其餘時間不停地玩，有一次還玩到忘記依依在餐廳等他，依依和他冷戰了一個星期。他為了謝罪，自己把角色給刪了。沒想到現在換我姑姑淪陷。

孫大勇馬上衝到我旁邊反駁，「哪有！是姑丈在玩，姑姑有時候會幫他練，有問題才問我。每次都說是我，我在妳心目中就真的那麼愛打電動嗎？」

「不是，是所有人心目中。」我很冷靜地回答。

孫大勇看了我一眼，然後走到我爸媽的牌位面前，雙手合十，閉上眼睛，嘴巴裡不知道在說什麼，模樣非常認真，整整十分鐘後他才把手放下。我馬上問他，「你跟我爸媽講什麼？」

「妳管我！」他頂嘴。

我瞪了他一眼，「亂打小報告你就死定了。」

他大笑三聲，左手很放肆地搭上我的肩，很傲嬌地說：「需要我打小報告嗎？林爸爸和林媽媽在天上看得比誰都清楚，我只是請他們在我看不到的時候要保護妳，我在的時候當然就我來啊！有沒有很感動？」

我用食指和拇指捏起他放在我肩上的手，嫌棄地丟開，「沒有，我幹麼要你保護，你不要以為這樣我就會特赦你，讓你早日結束跟班的生活，不！嘸摳零！再狗腿都沒有用，還有三個月，我會狠狠折磨你的。」逼得我不得不用台語強調。

他摸著被我捏痛的手背，不爽地說：「妳可以不要那麼了解我嗎？」

我也不想，真的。

太了解一個屬於別人的男人，其實對自己一點好處也沒有。

東西整理好，打算要離開時，碰到了住持師父。他熱情地邀請我和大勇吃完午餐再走，於是我們留在寺裡吃完午餐，再和住持師父聊了一陣。離開前，師父笑著對我說了一句話。

「太過相信自己不一定是好事，因為人總有判斷錯誤的時候。」

回家的路上，我一直在想這句話，想著自己什麼時候太過相信自己，什麼時候判斷錯誤，難道是我上次買魚肉的時候？它色澤看起來還非常新鮮，結果我要料理時，才發現它其實臭了。難道是王靖？我覺得他是來亂的，但他其實是真心的嗎？

「妳自己一個人在演什麼內心戲？妳不要告訴我妳想變成ＡＫＢ48的師妹喔！請妳馬上拋棄這種想法，我不希望妳受傷。」孫大勇邊開著車邊說。

我不屑地看了他一眼，「我在思考！思考這行為你做過嗎？思考兩個字你懂嗎？思考兩個字你會寫嗎？你空閒的時候，除了玩電動就是睡，動過腦筋嗎？你知道腦在哪裡嗎？」

他冷哼了一聲，反駁我，「我每天都在思考，我每天都在思考應該練哪個角色，我每天都在思考隊伍要怎麼組合，我每天都在思考為什麼我都抽不到神卡，我空閒的時候都在思考好嗎？」

再跟他繼續講下去，不是我氣死，就是他找死。

「命令你到家之前都不要跟我講話。」我說。

他對我比了一個ＯＫ的手勢。

快到家時，孫大勇突然轉進附近大賣場的地下停車場。我看了他一眼，不明白地問：「我有說我要買東西嗎？」

他沒有理我。

「來這要幹麼？你要買什麼？」我再問。

他還是沒有理我。

我已經問得不耐煩了，直接伸出我的食指跟拇指，往他手臂內的肉緩緩捏一把，他痛到受不了才回答，「妳不是命令我回到家前都不能跟妳說話嗎？」

我完全被他的白目ＫＯ，Knock out！整個Ｋ到太平洋外海八萬英里。

只能深呼吸控制自己的情緒，緩緩開口，「好，你現在可以說話了，來這裡要幹麼？」

他沒有回應我，快速地三秒倒車入庫，車停好了，才看著我露出假笑，「我想吃牛肉拌麵和餛飩湯，我怕妳冰箱裡面沒有材料。」

他的字典裡沒有「不好意思」這四個字。

我瞪了他一眼，「我有說要煮給你吃嗎？」

他仍舊看著我，忽然很認真，「連續兩天沒吃到妳煮的東西，我覺得很奇怪，胃一直有一種空虛感。」

好吧！我的心被這句話一秒鐘融化，但我堅決不承認是以女人的立場，而是以一個廚師的立場。料理能被人喜歡和肯定，是廚師的快樂，也是一種使命，不然你去問阿基師，如果孫大勇對他說這句話，他會不會感動？

我假裝生氣地下了車，邊唸他，但心裡邊盤算要買哪些東西。「你少在那邊狗腿，那你每次出國的時候都不用吃東西嗎？去加拿大一次十天半個月的，回來也沒見你胃變小啊！」

「出國是工作不一樣。」他說了個很爛的理由。

我懶得理他，到入口處推了車子，準備進入大賣場，順便再傳訊息給依依她們，問問家裡有沒有哪些生活用品需要補個貨，然後把手機交給孫大勇，「看她們要買什麼，你去拿完之後，到食品區找我。」

他服從地點了點頭，隨即很鄭重地告訴我，「我牛肉拌麵要大碗的，半筋半肉半筋半肉半筋半肉半筋半肉半筋半肉半筋半肉！」他可能覺得半筋半肉這件事世界無敵重要，所以說了六次。

「好啦！」我煩躁地回應他，接著往食品區走。

先到麵食區把孫大勇最愛的麵條放到推車裡，再拿兩包明怡喜歡的米粉，再往蔬食區去，拿了幾樣當季蔬菜，因為立湘和依依愛吃菜。接著走到肉品區挑牛肉。

正當我苦思要買哪一種肉時，孫大勇的聲音在我耳旁響起，不停地循環四個字，「半筋半肉半筋半肉半筋半肉半筋半肉半筋半肉半筋半肉半筋半肉半筋半肉半筋半肉半筋半肉半筋半肉半筋半肉。」

他的氣息呼在我的耳朵上，我嚇了一跳，馬上轉過頭，想叫他不要裝神弄鬼，但是沒注意到他和我的距離這麼靠近，一轉頭，我的嘴唇不小心刷過他的臉頰，嘴唇立刻好像發麻一樣，害我緊張地退後了一步。

心不知道為什麼突然跳得好快，想當初，十年前他在計程車上對我亂來那次，我除了想整死他以外，根本沒有什麼感覺啊！難道年紀大了，連心臟都開始變差了嗎？一點點小刺激都能讓我心跳加速。

我努力放鬆心情，他卻似乎一點反應都沒有，依然看著我繼續說：「半筋半肉半筋半肉半筋半肉半筋半肉半筋半肉半筋半肉。」

看他完全沒感覺，我不禁覺得緊張兮兮的自己看起來很沒有用。我惱羞成怒地轉過身，拿了兩盒雞胸肉丟到推車裡，對他大聲地說：「今天吃雞絲涼麵！」我都想挑他腳筋吃他肉了，還什麼半筋半肉。

我林樂晴宣布，從現在起，我開始恨半筋半肉了。

他跟在我後頭開始耍小脾氣，「為什麼是雞絲涼麵？為什麼是雞絲涼麵？為什麼是雞絲涼麵？我想吃牛肉拌麵，我想吃牛肉拌麵，牛肉拌麵牛肉拌麵牛肉拌麵牛肉拌麵……」

對面走來一對母子，小朋友大約五歲，也正在對媽媽發脾氣，「為什麼是牛奶？為什麼是牛奶？為什麼是牛奶？我想喝多多，我想喝多多，多多多多多多多多多多多多

多多多多多……」

跟孫大勇完全一個樣。我轉過頭看一眼孫大勇，他也正看著那個小弟弟，我露出前所未有嫌棄的眼神對他說：「你看看你，你、看、看、你，現在還五歲嗎？」

他把眼神移到我臉上，很心不甘情不願地說：「雞絲涼麵就雞絲涼麵，我要大碗的。」然後自動接收推車，自動跟在我後頭，當個稱職的小跟班。

我走在他前面，仍在為剛剛近距離接觸的小事故努力地深呼吸。

突然有人從不遠處叫住了我們。我們轉過頭去，是大學同學陳如意，她開心地走過來，笑著對我們打招呼，「好久不見！真的好久沒有看到你們了。」

我也笑著回應她，「對啊！妳後來都沒有參加同學會。」

陳如意撥了撥長髮，她現在變得非常有女人味，和大學時期清湯掛麵的樣子差了很多，「因為我後來到日本工作了好多年，今年才回台灣，前幾天我才跟李名捷在誠品碰到面，沒想到他現在居然在學校當老師。」

是啊！我也沒有想到，我以為他只會念書跟聽媽媽的話。

「妳和大勇結婚了嗎？」她話鋒一轉，從赤道轉到北極，我還穿著比基尼在曬太陽，身體都還沒有曬熱，就馬上把我拋到冰天雪地的北歐王國，簡直要凍死我。

「我們只是朋友啊！」我看了一眼孫大勇，他正面帶微笑，好像局外人一樣，我只能苦笑著解釋。

她尷尬地笑笑，「啊，不好意思，從以前到現在，我都一直以為妳和大勇是情侶啦！忘了妳之前男朋友是其他系的。」

我搖了搖頭，表示不介意，姊本來就是個傳說，那時候，關於我的謠言差不多有五筒捲筒衛生紙那麼長。

她和我相視而笑，接著又說：「對了，李名捷跟我說同學會辦在下個月。」

「對啊，上次同學會時，他被抽中擔任這次的主辦人，我看大家回覆得還滿踴躍，這次會去的人應該很多。」我說。

「太好了，能夠再看到以前的同學真的很棒，那我們下個月見囉！」陳如意看起來真的很興奮，對於我這個每年都參加的人，同學會就像每個月發票固定中兩百元一樣，久了也就慣了，不新奇了。

和她道了再見之後，我繼續買東西，孫大勇在一旁推著車，突然開口，「如果妳每天三餐都會煮飯，我其實可以娶妳。」

這是什麼話？

我深深吸了口氣，轉身順手拿起推車裡的大蔥，眼神狠狠地掃視孫大勇，頓時整個生鮮區足足安靜了有一分鐘之久，只有孫大勇在唉唉叫。我的怒火微微燃起，咬著牙對他說：「你家隔壁那間自助餐店的春花三餐都在煮，你可以去娶她。」

「我只是想表達妳做的菜對我有多重要而已。」他的表情又哀怨又認真。

但他的表達方式一直有待加強。

完全失去逛大賣場的心情，我馬上去結帳。回到家，孫大勇以光纖般的速度開了電視和他的遊戲機。我站在廚房看他，好奇地問：「你今天都不用回公司嗎？沒有事情需要你處理嗎？」

電視已經傳來電玩的音樂聲，他專注地盯著螢幕，順便回答我，「我今天可是寫了假單讓我爸簽過名的，而且我說要陪妳去拜拜，我媽就叫我今天不用進公司了。」

「你不覺得你坐得太靠近螢幕了嗎？」不如直接貼到電視上算了。

他喔了一聲，屁股稍稍往後移了大約〇．五公分，我嘆口氣，再繼續看他打電動的樣子，我怕我會在他的麵裡面多加十匙鹽。

我開始把材料都拿出來處理，料理快完成時，立湘和依依一起回到家。我看了下牆上時鐘，才下午五點半。

「怎麼那麼早下班，還兩個人一起回來？」我問。

「我去找客戶，他們剛好在依依公司附近，我要回家時就遇到依依了。」立湘走到廚房喝水。

依依躺在客廳的沙發繼續說：「我們老闆叫我沒事早點下班，我只好早點下班了。咦，大勇，你復活啦！還能在家打電動，我們樂晴氣消啦？」

孫大勇打著電動，小聲地說：「她有不生氣的時候嗎？」

「孫、大、勇，馬上關掉你的電動！」以為我沒聽到嗎？用氣音講那麼大聲，是把我當白痴嗎？

他識相地關掉電動，走到廚房，恭敬地問我，「有什麼需要幫忙的嗎？」

「擺碗筷。」

一接收到指令，他迅速移動，立湘和依依也過來幫忙。我先把餛飩湯上桌，再端出麵和幾樣青菜。他一看到桌上擺的是牛肉拌麵時，用中樂透的表情看我，意思是在問我，「不是沒買牛肉嗎？為什麼有牛肉拌麵？」

「我沒有買，不表示家裡沒有。」我直接開口回答他的疑惑。

我實在是無法拒絕孫大勇。

唉，如果這件事讓依依她們知道，肯定會狠狠唾棄我，說我是女人的恥辱，兩性關係裡的小孬孬，我無法反駁，只能歡迎她們向我吐口水。

他感動地看著我，露出爽翻了的神情，超級誇張的，好像我上輩子拯救了他全家一樣，我真的覺得下一秒他就要熱唱感恩的心，但是他沒有，只是對我說：「我是真的可以考慮娶妳。」

廚房的時間好像停了一樣。

依依的湯匙掉在地上，立湘拿碗的手停在半空中，兩個人看著我和孫大勇，我也看向孫大勇。既然他這麼白目，那我怎麼能輸，剛剛都已經輸得一塌糊塗了。

於是我給了他一個燦爛的笑容，從餐桌上拿了我的手機，按下通話鍵，「喂，淑鈴姊嗎？大勇說他要娶我……」

有些玩笑，多希望它成為現實，而有些事實，多希望它只是個玩笑。

第六章——

這是我自己的危機

聰明反被聰明誤，就是孫大勇最好的寫照。

一聽到淑鈴姊三個字，孫大勇馬上火力加速地跑過來搶走我的手機，想跟自己媽媽解釋什麼。一看，發現螢幕顯示的是桌面，才知道我根本沒有撥出電話。知道被騙，他的臉馬上變得很臭，「妳知不知道妳有點下流？」

我得意地聳了聳肩，也不搞清楚是誰先無恥的？

孫大勇還打算對我發脾氣時，依依卻先吼了我們兩個，「你們兩個是幾歲了？可以不要那麼幼稚嗎？害我當真了三秒，我都已經在想紅包要包多少了，還打算叫康尚昱贊助婚禮場地，你看看你！妳看看妳！真的是很無聊耶！」

「有什麼好當真，想也知道是開玩笑的。」我笑嘻嘻地說，看了孫大勇一眼，他也剛好瞪了我一眼。

立湘突然說了一句，「會嗎？我是真的打從心裡覺得你們早晚會結婚的啊！」

嗯，玩笑話講得太認真，感覺起來就好像有這麼一回事。

整個餐桌的氣氛變得太過正經，我覺得有點尷尬，打算轉移話題來化解時，孫大勇手裡我的手機剛好響了。我鬆了一口氣，因為要是孫大勇下一秒就對著立湘說：「我跟樂晴是不可能的。」我想我應該會受傷。

就算我跟孫大勇只是朋友，但三十歲的女人在公開場合這樣被人判出局，著實是一件很悲慘的事。我雖然單身，但我不希望自己淪落到這個地步，No way！

孫大勇把手機遞給我，我趕緊接了起來。

但接通後一聽見王靖的聲音，使我在這個空間裡再度緊張起來。我對著電話那頭說了聲，「等一下！」快步移動到房間才繼續通話。我無法負荷孫大勇、依依和立湘的三雙眼睛。

想到王靖背上的燙傷，我先問了他，「傷口會痛嗎？」

他在電話那頭溫柔地說：「不會，但如果可以讓妳這樣關心我，就算傷口會痛也沒有關係了。」

我不知道怎麼反應。

王靖繼續說：「妳明天晚上有空嗎？」

「明天可能沒有辦法。」我馬上回絕。

但其實我很氣我竟然將自己推入這種兩難的局面，他讓我被動地欠了他的人情，我還來不及拒絕，就被迫接受了他的好意。

有些痛，一定要記得自己挨，否則之後要承受的代價可能是原本的好幾倍。

王靖的聲音變得有些失望，「小晴，妳可以不要這麼快拒絕我嗎？我們真的不能好好一起吃一頓飯嗎？」他何時在我面前如此卑微過？

我嘆氣，「王靖，你為我受傷的事，我很謝謝，也很抱歉，不管我們之前是什麼關係，那都已經過去了。說真的，和你一起吃飯，對我來說很不自在，也很沒有必要。」

他在電話那頭停頓了好一會兒才說：「我知道妳的意思了，但是，我對妳一直有愧疚感，那時候我太不懂事，竟然那樣傷害妳。這幾年經歷了很多事，我才知道，妳對我來說是一段多麼純真的回憶，但我對妳來說，可能早就成為一段不堪的過去，我真的很對不起妳。」

在電話這頭，我無法看到他說話的表情，不過光從聲音聽來，他說的每一句話都能讓我感受到他的誠意，我緩緩地對他說：「過去就過去了，我沒有怪你，也沒有打算恨你，只是希望大家好好過日子，這樣就夠了。我也在這段感情裡得到很多，所以你不用再對我感到抱歉。」

「小晴，其實我下星期就要離開台灣了。妳也知道我爸在越南有生意，我要過去接他的事業，我真的希望能夠在離開前見妳一面。」他乞求的語調使我有一點動搖，電話中，我遲疑著。

「小晴，請妳答應我好嗎？」

「好吧！你再傳訊息告訴我地點。」我終究還是心軟了。算了，不過就是吃一頓飯，之後世界一人一半，不會再有任何牽扯。

他開心地笑出來，「太好了！我先訂位，等等再告訴妳。真的謝謝妳願意再跟我見一次面。」

「明天見。」我說。

人生是多道選擇題，但有些問題的答案欄，你怎麼選都只有那一個。

我坐在床上發呆了好一會兒，和王靖講個電話居然讓我體力透支全身無力，細胞好像死了好幾億個。從戀人變成陌生人之後，竟有如此大的差別。

房門被敲了兩下，我回神，起身去開門。

門外站著的是孫大勇，他問我，「不吃飯嗎？」

我馬上收拾起無奈的心情，笑著對他說：「要啊！為什麼不吃，我煮得這麼累，怎麼可能不吃，當然要吃。」

我走了出去，丟下杵在房門口的他，快步往前走。下一秒他伸手一抓，腿短的我馬上被他拎住。對，就是拎住，我非常不願意用「拎」這個字眼，因為這個動作對身為矮子的我是一種羞辱。

我馬上說：「可以放下我嗎？」

但孫大勇沒有理我，他站在我背後問：「王靖打電話找妳幹麼？」

我額頭馬上冒了兩滴冷汗，請問他是在我房間裝竊聽器嗎？

「哪有，是客人打電話要來訂早餐的。」我隨便瞎扯。

「是嗎？」他完全不相信我的說詞。

我依然硬拗，「對啊！」

但我完全低估了大勇對我的了解，也完全高估了自己的智商。

孫大勇忽然間鬆開抓住我衣服的手，一瞬間我有點重心不穩，差點跌倒。他扶住我，嚴肅地盯著我看，「林樂晴，妳現在想對我說謊就是了？這麼多年來，我以為我們之間不會有祕密的。」

這時候，我就像是說要留在家裡看書，卻跑去 pub 和男人熱舞的高中生，在舞池大跳蔡依林愛無赦，結果當場被爸爸抓到，嚇得我差點下跪。

但我林樂晴是不會對孫大勇下跪的，我只是很窩囊地趕緊解釋，「好啦，是王靖來電，但是他沒有要幹麼，還不是講那些沒有意義的話，我覺得那不重要啊！根本不想浪費精神和時間去講他的事。」

孫大勇聽完我的話，一語不發地看我，一直看著我，看到我都想跟他坦誠一切時，他突然開了口，「如果只是這樣，那當然是最好了。」接著換他把我丟在後頭，自己先往前走。

回到餐桌上，孫大勇邊吃著麵，邊有意無意地注意我，我有一種狠狠被監視的感覺，但又不能對他生氣。

「樂晴，明天我們去看電影好不好？我買東西抽中了四張電影招待券，立湘說她不去，大勇！不要說我對你不好，你在我心目前可是第二順位，一起去？」依依從包包裡拿出四張招待券，得意地笑著對我們說。

孫大勇又露出「Come on！Baby」的表情，放下筷子很不屑地說：「最好我是第二順位，還有明怡，還有阿磊，明明還有一堆人在我前面，如果只有我跟立湘，我當然是第二順位。講得這麼好聽，騙人沒念過大學喔！我不去，我要在家練功。」

依依大笑後說：「至少你的順位一定比在市場裡賣蚵仔麵線的阿順伯還要前面。」

孫大勇的臉馬上跟倫敦鐵橋一樣，垮下來、垮下來。題外話，我小時候只要一聽到這首歌一定會哭，因為要垮不垮的，只能不停循環這一句，就要垮下來，不覺得很令人感傷嗎？

我小時候就懂得什麼叫「忐忑」。

「樂晴，OK嗎？」依依又問了我一次。

我只能收起我的忐忑，假裝很自然地說：「不行耶，我明天有事耶。」

孫大勇的眼神馬上像X光一樣，銳利地從頭到尾掃描我一次，想確定我有沒有說謊，但姊是不會輸的！我若無其事地繼續吃飯。

「好吧！那妳只好自動棄權。」依依看著我，一臉惋惜地說。

接下來，大家繼續吃飯，但大勇還是會趁著空檔不停打量我，我被他盯得簡直快要投降。

超想大聲跟他說，好！對！沒錯，我就是跟王靖約好了要碰一下面，講一下話，就這樣而已，沒有別的，什麼事都不會發生，幹麼搞得我好像打算謀反賣國一樣，我又不是在總統府上班。

但我沒種。

因為，我只要一說出口，先不要說孫大勇會有什麼反應，我大概會先被依依狠狠教訓一頓。我差不多可以猜到，她一定會說：「這種沒良心的人是有什麼好見面的？妳不如去流浪動物之家看狗，這種忘恩負義的人，是有什麼好聊的？妳不如去療養院陪老人聊聊天。」

幸好這時候孫大勇的手機響了，他看了下手機螢幕，接了起來，「你好，我是超人旅行社十二號超人孫大勇，請問需要什麼服務？是！是的，好的，我馬上幫你處理，謝謝！」

我一直覺得這種問候語很蠢，但很多客人很吃這一套。他們旅行社每個人都可以選一個自己最喜歡的數字，當作自己在旅行社的超人代號。孫爸爸就是九十一號超人，因為他九十一公斤，至於孫大勇為什麼選十二，我問過他，但他沒說。

是黃子芸的生日？還是黃子芸跟他說過以後要幫他生十二個小孩？

他通話結束後，就加快吃東西的速度，不到兩分鐘解決所有食物，起身對我們說：「我要先回公司，客戶的訂位有一點問題，先走了。」接著往門口衝，衝到一半又折回來，指著我，「林樂晴，如果發生了什麼事一定要告訴我，有沒有聽到？」

我被他的話搞得莫名其妙。

他看我沒有反應，又說了一次，「有沒有聽到？」

看他這麼認真，我也認真了起來，用力點點頭。他看我有回應，才又往門外衝。

留下我和依依、立湘三個人面面相覷。

依依不解地問：「妳發生什麼事了嗎？」

我苦笑一聲，「能有什麼事，我不就好好的，妳不要理孫大勇啦！」

依依點了點頭，「也是。」

然後我們開始聊起其他瑣事，從天氣聊到政治，再從生活聊到八掛。立湘難得抱怨客戶，這次合作的某個客戶一星期內退了她五次稿，向來不多話的她連續發言了十分鐘之久。然後依依又請我們評評理，看看學長這次又沒有經過她的同意買了一套要價一萬八的埃及棉床單，是不是太過分了。但我覺得她比較過分，簡直是想羡慕死我。

生活裡，要是沒有姊妹們的調劑，該有多緊繃。

前一晚太過放鬆，還拿了幾瓶酒出來喝的下場，隔天就是睡死。

我睡到完全沒有聽見電話鈴聲響，還是熬夜畫稿子寫文案的立湘受不了，進房間把我搖醒，把手機按了通話及擴音鍵，放到我枕頭邊，但我的眼睛依然呈現被強力膠黏住的狀態。

我發誓，我真的很想張開，但我張不開。

琪琪的聲音從電話裡傳出來，非常著急地說：「樂晴姊，可以麻煩妳過來幫忙嗎？今天有兩個工讀生請假，現在店裡只有三個人，可是客人太多了，昨天預定的訂單都還來不及做。」

我馬上從床上彈起來，拿起手機大聲喊一聲，「我馬上過去！」

接著我只用了五分鐘刷牙洗臉換衣服，邊拿東西還邊問著站在一旁邊的立湘，「現在到底幾點了？」

立湘看了自己手上的錶，「八點十分。」

我從椅子上拿了包包，頭也不回地衝出家門，飛快地跑到早餐店。琪琪看到我，鬆了一口氣，一臉得到救贖的表情，「我忙到快哭了。」

服務業就是這樣，看客人臉色在過日子，尤其是早餐店，都是在跟時間拚命。大家趕著上班上課，誰想花十分鐘等一份早餐？只要不小心餐點製作超過五分鐘，早起已經很痛苦的客人，不想上班上課的客人，他們表情就會越來越臭。

之前有個工讀生妹妹就是受不了客人等待時的壓迫眼光，不到一星期就離職了。

我笑著拍了拍琪琪的臉，「辛苦妳了。」然後加入她們的戰局。

等到真的能喘上一口氣時，已經十一點了。我回休息室開始整理這兩天的報表，還有和廠商的帳目。琪琪隨後也提醒我記得帶這幾天的營業額去銀行存款。

又困在休息室一個多小時後，我走了出來，店裡打烊的工作也告一段落。和琪琪她們道了再見，打算趕緊去銀行處理相關事務，結果一踏出早餐店，就看到淑鈴姊正迎面而來，開心地對我揮手。

我朝她笑了笑。

「打烊啦？」她看著拉下的早餐店鐵門。

「對啊！」我點點頭。

淑鈴姊拉著我的手往前走，開心地說：「那我時間算得剛剛好，走吧！我們回家，大勇他舅舅自己種了很多梨子，拿了好幾箱來，所以我拿幾顆過來給妳們吃，這個真的很甜。」

我趕緊接過她手上的袋子，「我過去拿就可以了，還讓妳多跑一趟。」這袋子的重量，何止是幾顆。

她笑著拍拍我的肩膀，「好啦，梨子是藉口，是我突然想起大勇說過，只要妳去了爸爸媽媽那裡，回來後會連續三天心情低落，昨天他不是陪妳去過了嗎？今天正好有空，所以我就想過來看看妳。」

我感動地看著淑鈴姊，她摸摸我的頭，給了我一個充滿母愛的微笑。能這樣被惦記著，感覺真的非常幸福。

每次看完爸媽回來，我都需要時間調適我自己的心情，不過這次我幾乎沒有這個問題，可能是那天孫大勇吼我的事更讓我心情低落吧！

回家一打開門，走到客廳，看見電視機前的電視遊樂器，淑鈴姊馬上變臉。「這該不會是孫大勇的吧？家裡每一部電視前面都有一台就算了，連這裡也放，真的是丟盡我的臉，沒有電動就不能呼吸是嗎？」

「雖然不願意告訴妳這個事實，但……是的。」我從廚房端了杯蜂蜜水遞給淑鈴姊。

她無奈地搖了搖頭，「我作夢都沒有想到我兒子會宅成這樣。」

我很不客氣地大笑出來，但場面話的安慰還是不能少，「不過，比起做壞事，在家打電動還是好一點啦，而且，大勇雖然很愛打電動，但是他該做的工作，他還是都很負責任做好啊！」

淑鈴姊邊聽我的話，臉上露出微笑，但表情越來越鄭重，最後她看著我突然說：「樂晴啊，現在，我以大勇媽媽的身分問妳一件事。」

「嗯？」

「妳真的一點點都沒有喜歡我們大勇嗎？」

我作夢都沒想到淑鈴姊問的問題比立湘還要直接，比依依還要猛烈，比明怡還要切中核心，我差點被自己泡的蜂蜜水嗆死。

淑鈴姊拿了衛生紙幫我擦掉嘴巴旁邊的口水，還笑著說：「妳反應這麼大，應該是對大勇有不同的感覺吧？」

我深呼吸了幾次，恢復鎮定，「我喜歡大勇啊！但就是朋友間的喜歡，而且我們認識這麼久了，再三個月就十年了，除了是朋友，也像家人啊！妳也是像我的姊姊又像媽媽啊！」

淑鈴姊非常不滿意我的答案，搖搖頭，「我那兒子很遲鈍就算了，妳那麼聰明，怎麼也變得跟他一樣了？以前覺得你們很年輕，未來時間還長，但現在都三十歲了，這樣一直浪費下去，我只能在旁邊乾著急。」

我滿肚子疑惑地看她，聽不太懂她的意思。

她看著我，嘆了口氣，然後把手上的銀鐲子拿下來，往我的手腕戴上，「這條手鐲是會帶給人幸運的，因為戴上它，我才找到好老公。現在送給妳，拜託妳眼睛張大，學聰明點，知道什麼是自己想要的。」

銀鐲子的樣式很樸實，刻著簡單的花紋，扣環處有個小吊牌。因為吊牌很小，銀鐲子的年代又有點久遠，上面刻的字看起來像是「好」字，我看著淑鈴姊，聽著她說的每一句話，感動地對她說了聲，「謝謝！」

她再次嘆口氣，說：「我現在最大的願望，就是孫大勇不要再去找那個什麼芸的，找她到底要幹麼？世界每天都在變，更何況是十幾年。感情這種事一定會變，不是變得更愛，就是變得不愛，兩個人十幾年都沒碰過面，還要變得更愛，那種事大概只有農曆七月才會發生。」

「搞不好大勇真的會找到。」我說，看他那麼堅持。

「那妳會怎樣？」淑鈴姊反問我。

我才想開口回答，淑鈴姊先制止了我，「樂晴，我給妳一個功課。剛才這個問題，妳不要急著給我答案，妳每天照三餐問問自己。這個答案對我不重要，對妳才重要。」

如果孫大勇找到黃子芸，我會怎樣？

我不知不覺陷入思考，結果淑鈴姊突然站起身，拉回我的思緒。她對我笑了笑，「好了，妳慢慢想，我要去健身房了。」

於是，淑鈴姊離開了，留下滿腦子問號的我。

但日子就是這樣，你打算好好思考未來時，就會不停地有很多雜音把你拉離那個軌道，可能要過上好一陣子，你才又會想到：我的未來應該何去何從？

總是在你努力思考現實時，就忘了未來在哪裡。

就像現在，我的手機一直響個不停，先是明怡來電問我需不需要買點魚鬆還是櫻花蝦之類的，她和官敬磊要去墾丁度假，可以順便帶一些回來。再來是立湘來電，說她晚一點和客戶談完後要回新竹家裡一趟，因為今天是她媽媽生日，明天才會回來。依依也沒有缺席，打來告訴我，她下班要和學長直接回台南，因為她二姊生了baby。

意思就是，在這個晚上，在這間屋子，只會有我一個人。

天還亮著，我已經開始覺得孤單。

我現在只能努力思考晚上要看哪一部片，還是打掃房子好打發時間，哪還有時間想孫大勇找到黃子芸的話我會怎樣？

但我也不用思考得太早，因為王靖在這個時候傳了簡訊來，通知我晚上碰面的地點。我差點就忘了，我晚上還有一個現實的關卡。而當我轉過頭來，望了一眼牆上的時鐘，竟然已經下午五點，錯過了去銀行的時間。

無語問天花板，人生真的是有解決不完的危機。

回房間隨便換了件衣服後，帶了包包出門，走到公車站搭車，準備到學長和明怡工作的飯店，王靖和我約在飯店十二樓的海鮮餐廳。一路上，我都在擔心等一下吃飯氣氛不知道會有多尷尬，然後就被我猜中了。

從坐下來到現在十分鐘，他一直看著我，我不知道眼神該往哪裡看，兩個人從點完餐到現在，一句話也沒有講。

我的胃緩緩抽痛，不過完全沉默其實也不是一件壞事，至少可以不用聽到那些老話，至少我可以不用老是不知道怎麼回答。

但又在我正感到小確幸時，他先開口了，「大姑姑最近怎麼樣？以前我們在一起的時候，她很照顧我。」

我喝了口水，淡淡地說：「她很好。」

「明怡她們呢？那天還在餐廳看到學長和敬磊，沒想到他們在一起那麼久，如果當初我懂事一點，我們現在應該也會跟他們一樣快樂。」他帶著微笑對我說。

老調重彈，我連回應都覺得煩。

如果當初知道他是會劈腿的人，就算他穿了再帥的襯衫，講話的模樣再溫柔，我連看都不會看他一眼。重點就是我當初不知道，所以才會變成現在這樣，但我並沒有後悔曾經跟他在一起過。

他還想繼續說什麼時，服務生剛好走過來上菜。

我給了那個服務生比一〇一煙火更燦爛的笑容，感謝他阻止了我下一秒會直接給王靖世紀不耐煩的表情。服務生看我笑得這麼開心，可能以為我很餓，離開前還對我說了一句，「餐點陸續準備上菜中，再麻煩您稍候一下。」

我點點頭，心裡OS：請盡快，請用火箭繞地球的速度上菜，趕快吃完趕快回家，一切回到原點。我決定，回到家的那一刻，要去依依房間把她珍藏的香檳開來喝，慶祝我的解脫。

我加快吃東西的速度，王靖說了什麼，其實我並沒有聽得太清楚，都只是隨便含糊地回應兩聲。他似乎是看透我的技倆，露出感到很抱歉的表情，緩緩對我說：「樂晴，妳不要吃這麼快，對胃不好，如果和我吃飯這麼痛苦，那我先送妳回家好了。」

哀兵政策一向是我最大的弱點，要不然怎麼會孫大勇裝個可憐我就什麼都說好？於是我只能放慢腳步，對他說：「沒有啦！我只是太餓了。」我餓死鬼投胎，我超想重新投胎。

他笑了笑，安慰地說：「那就好，那我多點幾道菜。」

我都還來不及 say no，他已經示意服務生過來，以一副根本是想整死我的樣子多點了五道菜，其實我根本吃不下，我根本很想回家。

在我心情正低落，看到盤子上的蝦子很想哭時，孫大勇撥了電話過來。我猶豫了三秒，按了接聽。

我假裝沒事，假裝平常凶狠的語氣說：「幹麼！」

「在下大雨耶，妳不是說妳房間那個窗戶的鎖壞掉了，如果沒有鎖上，雨會從兩片窗的縫隙流進來。我現在買材料過去幫妳換。」孫大勇在電話另一頭說。

我馬上阻止，「不用啦！我在外面，下次再換就可以了。」

結果，一不小心桌上的筷子被我碰到，滑到了地上。

不知道是不是我的錯覺，王靖用了大一倍的聲音在一旁說：「小晴，妳沒事吧！我請服務生幫妳換雙筷子。」

於是孫大勇聽到了王靖的聲音，在電話那頭停頓了一會兒才說：「妳現在和王靖在一起？」

「嗯！」事到如今，我也不能說不是了。

孫大勇又停頓了幾秒，就掛了電話。當電話那頭傳來嘟嘟嘟的聲音時，我覺得非常難過，也對他非常抱歉，我知道他為我著想的心情，而我現在卻狠狠地背叛了他。

「是大勇嗎？」王靖問。

我已經完全沒有胃口。

王靖吃著東西，一派輕鬆地說：「說真的，我覺得孫大勇滿妙的，從大學就一直跟在妳身後，幸好我那時候理解你們只是朋友，要不然，看到自己女人後面老是跟著個男人，正常的男人要不生氣才怪，但孫大勇都不交女朋友嗎？他看起來也不像gay……」

「你有資格評論大勇嗎？」我用前所未有的冰冷聲音說。

王靖馬上變回正經的表情，「小晴，對不起，我只是……」

我站起身，覺得自己需要冷靜一下，拿了包包對著王靖說：「我去一下洗手間。」

我到洗手間，隨便找了間廁所進去，然後用力嘆了八萬多次氣，心想自己為什麼老是可以搞砸這麼多事？我就是成事不足敗事有餘的達人，儘管有可能被孫大勇罵，我還是撥了電話給他。

但他不接，連續三通都不接。

我又嘆了八萬多次氣，接著回到位置上。我完全沒有心情再應付王靖，一坐下，我馬上對他說：「我要先走了，我還有事。」

「先別走，我已經請他們上完甜點和飲料了，我為我剛剛的無禮道歉，就讓我們最後的一次晚餐能有個完美的結束。」王靖哀求著。

我這才發現蛋糕和冰咖啡已經放在我面前，我用最快的速度一口氣把冰咖啡喝完，對王靖說：「我希望，從今以後我們不要再聯絡，我們永遠沒辦法當朋友。」

然後，我站起身準備走出餐廳的那一刻，突然覺得全身無力，接著就失去意識了。

當我再次醒來，我並不是躺在家裡，而是在一張白色的床上。我看著天花板豪華的吊燈，和我房間的老舊日光燈完全不一樣，我彈坐起來，環顧周遭陌生的環境，我下意識檢查自己身上的衣服，幸好完整如初。

我著急地下了床，但踩到地板的那一刻，腿突然無力，又跌在地上，眼前一片暈眩，我閉上眼休息了一下，才扶著床頭櫃緩緩站了起來，看到床頭旁的一張房卡，上面印著學長工作的飯店名字。

我為什麼會睡在這裡？

昨天晚上和王靖在十二樓吃飯，但我後來不是先離開了嗎？我為什麼在這裡？

我越想越心慌，失去記憶的這段時間，我根本不知道自己發生了什麼事。

我下意識的反應是馬上用房間的電話打給大勇，但號碼才按到一半，我就沒勇氣再按下去，重新撥了依依的電話。

一聽到依依的聲音，我差點就崩潰了，但還是強壓著眼淚，保持冷靜地把所有事情告訴她。她在電話那頭語氣又氣又急，「妳先待在房間，所有東西都不要亂動，我叫康尚昱打電話回飯店交代一下，我們馬上趕回去。我告訴妳，如果是王靖搞的鬼，我一定要讓他死得很難看。」

和依依結束通話後，狼狽地跌坐在地上。

完全沒有辦法思考，完全沒辦法想像自己到底遇到了什麼事，我很想哭，但我哭不出來，我現在還不敢哭，只能看著床頭鬧鐘的時間一分一秒過去，越等待就越恐懼。

二十分鐘後，房門突然被打開。我嚇了一跳，想要找地方躲的時候，以為出現了幻覺。我看到孫大勇走進來，他跑到我面前蹲了下來，我還來不及看清楚他的表情，他已經一把抱住我，我才知道他真的來了，然後放心地哭出來。他什麼也沒說，只是輕拍著我的背。

我一直哭一直哭，哭自己的慌張，還有對大勇說謊的愧疚感。

不知道哭了多久，把情緒都釋放之後，孫大勇把我從地上扶起來，從頭到腳打量了我一次，看到我還算整齊的衣服，表情緩和了一點，又看到我赤腳，表情比上次我弄壞他電腦時還要臭上萬倍。

他走到房門口，把門打開，外面有飯店的工作人員在等待，他對其中一個人講完話，走回房間裡，開口問我，「妳要跟我一起去看監視器畫面，還是要留在房間等就好？」

我一刻都不想待在這間房間，「我要去。」

他點了點頭，房門口走進來一個工作人員，拿了雙鞋子遞給我，「林小姐，這是您的尺寸，請您不用擔心，我們飯店會盡最大的力量協助您。」

我把鞋穿上，孫大勇牽著我走出房間。我們跟著工作人員走內部通道，搭內部電梯到地下一樓的保全室裡，裡頭一整面牆都是螢幕，上面出現飯店各角落的影像，一位主管走到我們面前，對我們說：「孫先生、林小姐，我是公安部經理林朝華，康經理剛才打過電話來，請我要特別協助你們。」

於是公安部經理問了我昨天晚上的經過，把我去過的地方所有監視器紀錄都調出來，然後我就看到所謂事實的真相，也才明白真相殘酷到讓人無法想像。

我在螢幕上看到自己走出餐廳，我失去意識差點跌倒時，王靖從後面扶住我，把我抱了起來，服務生上前詢問幾句後，還幫忙按了電梯。想也知道，王靖肯定又用虛偽的誠懇表情把服務生騙得一愣一愣。連進了電梯，他還能輕鬆自在地和同在電梯裡的一對夫妻聊天。電梯到達八樓，王靖抱著我走出來，走到一間房門前刷卡進入。

不到十分鐘，王靖又走出房間，拿著我的包包和我的鞋子。他先在八樓電梯口把我的鞋子丟進垃圾桶，到達一樓大廳出電梯後，見四周沒人，再把我的包包塞進一旁的垃圾桶中。

看著他的每一個動作，再配上他之前對我說的每一句話，都像是朝我臉上呼了一巴掌，我真的是很傻很天真。孫大勇看見我凝重的表情，把我拉到他背後說：「別看了。」

我的頭靠在他的背上，眼淚又流在他的衣服上。

公安部經理馬上叫人去找，十分鐘左右，我的鞋子和包包都找到了。我檢查著包包裡頭所有東西，越檢查越心冷。就像大勇說的，王靖接近我是有目的的，他並不是希望我回到他身邊，而我還自以為人家對我有多魂縈夢牽。事實上，我什麼都不是，連前女友都不是，只是一個好騙的白痴。

本來要拿去銀行存的營業額十五萬不見了，我個人的兩張銀行提款卡消失了，早餐店專用帳戶的提款卡也沒有看到，手機也沒了蹤影。

於是我只能先用大勇的電話聯絡銀行，才知道帳戶都被盜領了。我苦笑地對孫大勇說：「還好一張卡一天只能領十萬。」不幸中的大幸。

孫大勇轉頭看我，表情錯綜複雜。他先摸了摸我的頭，再拍拍我的臉，伸手握住我的手，擔心地看著我。

依依和尚昱學長也到了。依依一看到我，我還沒有哭，她的眼淚就先流下來，衝過來抱著我，「都是我沒有把妳盯緊，都是我害的。那個死王八蛋，本來就不是什麼好東西，現在更不是東西！妳一定嚇壞了！怎麼辦？要不要去收驚？」

我被依依抱著，感覺很溫暖，但手腳仍然是冰冷的。從沒想過自己會遇到這樣的事，不，是我暫時忘了自己本來就不是受上天眷顧的人，我太得意忘形了。

太過自以為是，就會把自己帶往危險的處境，這個事實，我今天才知道。

最後，孫大勇報了警，警察來做筆錄，他們也陪我去醫院驗傷。

回到家，已經晚上八點多了。立湘、明怡和官敬磊都在客廳等著，他們擔心的表情只是讓我的愧疚感更深。因為我的關係，依依和學長在台南待不到二十四個小時就急忙趕回來。因為我的關係，立湘沒辦法好好幫媽媽慶祝生日。因為我的關係，明怡和官敬磊取消了墾丁之旅。

看了看站在我一旁的孫大勇，因為我的愚蠢，也讓他受傷了。

我突然非常厭惡自己，覺得自己很不像樣。我已經替他們帶來太多困擾，無法再承受他們更多的關懷。

「我先去休息了。」我對著大家擔憂的臉說完，無力地轉身走回房間，第一次上了房門的鎖。

依依不放棄地敲我的房門，「妳要不要吃點東西？還是喝點什麼？」

外面的雨又開始下大了，我看向窗外，看著從窗戶縫隙流進來的雨水。昨夜未乾的水漬還在地上，我竟默默流下了眼淚，連自己都沒有發覺。

我真的受傷了。

我真的讓我自己受傷了。

我需要屬於我自己一個人的時間，我需要自己一個人的空間，我需要自己安慰好自己，才有勇氣面對他們。

第七章——

我會不會失去你

我整整昏睡了一天一夜，不管室友們在外面怎麼叫，我都完全沒有反應。依依她們嚇壞了，只好找鎖匠來開我的房門，用力把我搖醒，我才慢慢醒來。一睜開眼，就看到明怡擔心地掉著眼淚。她哽咽地說：「嚇死我們了，怎麼叫妳都叫不醒，我已經打算叫救護車了。」

我緩緩地清醒過來，喉嚨又痛又乾，開口安撫她，「我沒事，只是太累了吧！」

立湘倒了杯水進來給我，我喝一口，感覺好多了。依依摸了摸我的額頭，「沒有發燒，可能真的是嚇到了，我明天早上帶妳去收驚，去康尚昱帶我去過的那間廟。上次我出車禍時，去那裡收驚後就好很多了。」

我點了點頭，讓依依安心。

「我煮了一點粥，我們出去吃一點好嗎？」明怡拉著我的手問。

我點點頭，就算一點胃口也沒有，也希望她們能放心一點。

我們移到廚房，在餐桌前坐下。我一拿起湯匙，三雙眼睛全都盯著我看，全是冀望我能多吃一點。我順著她們的希望，忍著胃的不適，一口又一口接著吃，好讓她們別再這麼緊張。

吃到一半，門口的電鈴響了。立湘走過去開門，孫大勇和學長一起走了進來，兩個人的表情都非常嚴肅。依依看著他們，有點生氣地說：「查得怎麼樣？一大早出去到現在也不聯絡，電話也沒接。」

「想查到有個結果再說。」尚昱學長倒了杯水，喝了一口之後解釋著。

孫大勇走到我旁邊，拉了椅子坐下來，看著我，思考了好一會才緩緩地對我說：「我找到王靖了。」

我停止進食，聽到王靖兩個字，忍不住乾嘔了兩聲，胃裡的食物開始向上翻湧。我趕緊摀著嘴，怕一開口，剛吃下去的東西就會吐出來。孫大勇馬上把我抱起來，帶我衝進洗手間，迅速幫我掀起馬桶蓋，我一開口，就全吐了。

然後胃全空了。

孫大勇抽了兩張衛生紙幫我擦嘴巴，歉疚地看著我。

看到他的表情，我扯扯嘴角笑著安慰他，「趁這個機會清腸胃也不錯。」這根本不是他的錯，是王靖兩個字太令人作嘔。

走回餐桌前，依依遞了杯水給我，擔心地說：「我覺得還是先去看一下醫生好了。」

我接過水，喝下一口潤喉，「不用啦！我真的沒事。」然後轉頭對孫大勇說：「你可以繼續說。」

「妳確定？」他再次確認。

我點點頭，反正胃裡已經沒有東西可吐了。

大勇坐到我旁邊，大家也各自拉下椅子坐。待大家都就緒後，他繼續說：「因為妳的手機不見了，無法聯絡妳，所以警察早上就直接和我聯絡。他們查到的結果是，當天晚上，王靖就搭最後一班飛機到香港了。」

尚昱學長生氣地拍了下桌子，「這傢伙就是打算逃出國，才會這麼光明正大地犯罪，連監視器也不躲，留下這麼多證據。是準備不回台灣了吧！」

大勇點點頭，「我請香港的旅行社同業幫我找他，尚昱也請他認識的飯店同業幫忙查查看有沒有他的訂房紀錄，但一直沒有消息。我把照片發給我爸的香港朋友，嗯……妳知道的，就是另一種地下管道，請他們幫我注意。剛剛他們打電話給我，說他們在九龍的地下賭場看到王靖了。」

我倒抽一口氣，地下賭場？王靖是連大老二都不玩的人，怎麼會在地下賭場？

明怡和我的想法一樣，不可思議地說：「王靖居然會賭博，他看起來不像是那樣的人啊！」

依依冷冷地開口，「他看起來也不像是會劈腿的人啊！人光看外表是不準的，像我看起來很難相處，但實際上會嗎？」

大家一起看了依依一眼，卻只有孫大勇有勇氣說：「一點點。」

然後他被依依狠狠瞪了一下。

但他被我訓練得很好，根本不害怕依依的眼神，還是保持一向無所謂的超然態度，繼續對我說：「現在他和我爸的朋友在一起，如果妳準備好可以面對王靖了，我現在就撥電話聯絡。」

我想了一會兒，告訴大勇，「打吧！」就算再怎麼不願意聽到他的聲音，我也還是想知道他為什麼要這麼對我。

孫大勇撥電話的同時，恐懼感又朝我襲來。我緊張地等著電話接通，他開口和對方說著，「劉伯伯，我是大勇，是，對的，麻煩你了。」

接著孫大勇按下擴音鍵，我聽著電話那頭傳來嘈雜的聲音。有個男子用香港口音的國語大聲喊，「帶過來！」五秒後，我又聽到雜亂的腳步聲，突然「砰」地一聲，像有重物撞到地上。

王靖的聲音馬上傳出來，他慌張地問：「你們要對我做什麼？」

那個男子的聲音再次出現，「林小姐在電話線上，你不是一直很想跟她說話嗎？」

王靖像遇到救星似地，馬上大聲喊著，「是小晴嗎？我是王靖，是妳嗎？是妳嗎？小晴！」

我淡淡回應，「嗯。」

他聲音發抖地說：「小晴，對不起，全都是我的錯，我不應該這樣對妳，但我真的走投無路了，我簽賭輸了很多錢，被高利貸追到喘不過氣來。我爸和我斷絕關係，這時又剛好遇到妳。是我賤、是我不要臉，我知道妳容易心軟，才故意接近妳，猜妳的提款卡不會換密碼，就盜領了妳的錢。」

依依已經破口大罵，「你何只賤，你走在路上連狗都不屑咬你一口，還有臉把腦筋動到被你傷害過的前女友身上！你何只不要臉，你根本就無恥到沒有極限！」

學長馬上抓著依依，她已經打算衝到大勇前面摔手機了。

「對！是我無恥，小晴，妳叫這些人不要傷害我，我馬上回台灣向妳下跪，妳叫孫大勇請這些人放我走，我拜託妳，給我一次機會，我一定會把妳的錢還給妳。我真的對不起妳……」他邊哭邊說。

但我只覺得噁心。

這種劇本，要是李奧納多看了，肯定會毫不猶豫直接往編劇臉上甩，大喊「disgusting」，還是那種會蟬聯五年假奧斯卡金酸莓獎的下三濫劇情，竟然發生在我身上。我爸媽在天有靈，應該會和我現在的心情一樣，不知道該哭還該笑。

他懦弱的聲音，和在我面前說的深情話語成了對比。他慌亂的樣子，和在我面前意氣風發的模樣形成了最大的諷刺。當他用著好萊塢式的演技詮釋他的計畫時，難道沒有想過很可能會落入這樣的下場嗎？

人真的不要做壞事，因為你永遠不知道報應什麼時候來。

他繼續苦苦哀求，我已經聽不下去了，那只會顯出被他演技騙到手的我有多愚蠢，要承認自己不聰明，比面對王靖帶給我的傷害還需要更大的勇氣。

「算了。」我冷冷地說，再聽到他的聲音我就要發瘋了。

大家全都驚訝地看向我，想再確定剛剛沒有聽錯，而電話那頭嘈雜的聲音也忽然停止了。

「小晴。」王靖靜止了五秒後發出聲音。

明怡、依依、立湘三個人也開始出聲。

「晴，妳要好好想清楚，妳要這樣放過他嗎？」明怡看著我，不能理解我的決定。

而依依更難以理解，她已經激動地走到我面前，對我說：「林樂晴，妳是瘋了嗎？什麼叫算了，一定要給這種人教訓，怎麼可以這麼輕易放過他，他對妳做了這麼多壞事！我不同意！」

立湘舉起了手，「不同意加一。」

學長再加一。

孫大勇只是看著我，什麼都沒說。

我嘆一口氣，對大勇說：「放了他吧！反正報警了，一切交給警方處理，我不想再和他私下有任何接觸，他要是能躲在香港一輩子不被警察抓到，那我也認了。」

一切到此為止，就算找人狠狠教訓他一頓，又能改變什麼？我不希望他們為了這種人髒了手。

我起身回到房間，不顧所有人在後面喊著我，希望我可以改變決定的勸說，靜靜地關上房門。

我用力地把自己摔在床上，閉上眼睛，想忘掉這難堪的一切，卻又想了一整個晚上。究竟是從哪裡開始，我的人生到底是從哪裡開始錯得這麼亂七八糟？從幼稚園拉肚子拉在褲子上開始？還是從小學被老師盯開始？還是從國中被鳥屎滴到那次開始？還是高中被合作社招牌打到開始？還是……失去爸媽的那一瞬間開始？

眼角乾了又濕、濕了又乾，在床上翻來覆去。

一直睡不著，我受不了，起身下床。電子時鐘顯示凌晨兩點三十四分。我走出房間，聽到客廳居然傳來「噠噠噠」的聲音。我好奇地走向前一看，孫大勇竟坐在距離電視螢幕不到三十公分的地上，還在打電動。

我對著他的背影好奇地問：「你怎麼還沒回家？你忘了我們家規定男生是不能留下來過夜的嗎？」

他聽到我的聲音，轉過頭來，「依依說我今天可以當一天女生，需要我去換妳的洋裝穿上嗎？」

我很不爭氣地被他的冷笑話逗笑了一下，依依她們得多擔心我，才會願意打破這個維持了十幾年的規定？我這次真的栽了好大一個跟斗，摔得鼻青臉腫，把她們都徹底嚇壞了。

「我好餓。」孫大勇裝可憐地說。

他一臉疲憊，這兩天他為了我東奔西跑，不知道撥了多少通電話，欠了多少人情，絕對沒辦法好好睡。心裡湧起歉疚和心疼，差點又要逼出我的眼淚。

「想吃什麼？」我問他。

他沒回答我，倒是先站起身，直接越過我，走進我房間。我不明白他要幹麼，也跟著要回房間時，孫大勇已經又走出來，手上拿了一件我的外套，然後向我走來，拉著我，帶我出門。

「去哪？」我跟在他後頭問。

他沒有說，只是拉著我一直往前走，一直走一直走一直走。我們走過三條街，過了四個大馬路後，看到前面的一排路邊快炒店。他隨便選了一間，隨便找了張桌子坐下，隨便點了幾樣菜，剛好都是我喜歡吃的，又隨便點了一手啤酒，不需要杯子，開了瓶子就喝。

我拿起酒瓶大大灌了一口，然後一口接著一口。他不像往常一樣制止我，讓我盡情地喝。啤酒氣泡壓過我的無力感，我感覺情緒找到出口。

菜一樣一樣上桌，孫大勇拆了雙筷子放在我的手上，然後挾了滿滿一盤的菜，對我說兩個字，「吃掉。」

我沒有胃口，根本不想吃。

「妳現在不吃，等等會沒有東西可以吐。」他給了一個很真心的建議。於是我勉強自己多吃幾口，才可以多喝幾瓶酒。

發洩般地把啤酒往自己肚子裡倒，轉眼間，我的位置旁已經放了三個空瓶。孫大勇邊吃東西邊玩電動，一如他原本的style。我看著他的樣子，那是我所熟悉的，心裡不禁湧上一股踏實感。

我有點頭暈，但意識很清醒，我問他，「放了王靖了嗎？」

他夾了口苦瓜鹹蛋塞進我嘴裡，「妳說要放，我能不放嗎？妳放心，我爸朋友說他跑得比鬼還快，現在不知道去哪裡了。」

「謝謝你。」我吞下苦瓜，真心誠意地說。

孫大勇緊盯著手機螢幕，邊回答我，「我們之間就不用再說這三個字了，聽起來很怪，很不舒服。」

「你一定覺得我很活該吧！明明你都警告過我，我還是被騙了，還跟你說他搞不好是真心的。他的確是真心的，真心騙我的。我還以為他真的覺得我很好，我還以為他真的知道自己對不起我，你說我是不是很好笑？」我實在覺得自己很好笑，越講越想笑，最後我還笑了自己幾聲。

他只抬起頭看了我一眼，「不好笑。」接著又繼續打電動。

我又陸續喝了兩瓶啤酒，頭已經重到抬不起來，也不知道自己在亂講什麼，只看到坐在我面前的孫大勇一下抬起頭來，一下低下頭去，我也聽不清楚他的回答，完全意識模糊。

突然一陣反胃。

孫大勇馬上問我，「妳要吐了？要吐要告訴我！」

我點點頭。

他不知道什麼時候在旁邊預備好嘔吐袋，迅速打開放到我嘴邊，我一張嘴，開始進行今天的第二次嘔吐。吐完，他細心地幫我擦了擦嘴，熟練地將袋口打結，丟到一旁的垃圾桶裡。

我繼續喝，他也繼續打電動。

直到我再也喝不下去，直到我再也沒有力氣吐，孫大勇結完帳，把我背到身上。我昏昏沉沉的，還是能對孫大勇發脾氣，我往他的後腦杓狠狠打了一下，「沒事帶我來喝酒幹麼？我好不舒服！」

「沒帶妳來喝妳才會不舒服！不要再打了喔！再打我翻臉了喔！」對我來說，孫大勇的恐嚇從來都不構成威脅。

我又扯了他的耳朵，「孫大勇，你告訴我，為什麼男人都要這樣對我？為什麼我都找不到一個真心對我好的人？連和我交往時劈腿的人都要這樣偷我的錢，我難道這麼好欺負？」

他痛得叫了一聲，「不要拉我耳朵，很痛耶！」

我放掉扯他耳朵的手，雙手並用地猛打他的背，「你快點告訴我！你快點告訴我！你快點告訴我！你快點告訴我！你快點告訴我！」

但他回答的，只有「啊！啊！啊！啊」的叫聲。

打累了，我趴在孫大勇背上，頭靠在他肩膀，閉起眼睛，享受微風吹在我熱熱的臉上，感到心情一陣舒爽。不曉得是他的背太過溫暖，還是他的味道太令我安心，我在迷迷糊糊中對孫大勇說了一句話。

孫大勇停頓了一下，繼續往前走，我也在不知不覺中睡著。

我早上醒來時，躺在床上試著回想昨天晚上發生的一切，越想心裡越發毛，想到最後，我幾乎忘了王靖帶給我的傷痛，滿腦子淨是想著：我到底對孫大勇說了什麼？

我到底對他說了什麼？

我一直用力回想，只能勉強拼湊出一點記憶。我好像對大勇說：「如果你可以喜歡我，那就好了。」

不對不對，我不可能說出這麼沒有志氣的話。

「為什麼你不喜歡我？」不對不對，我幹麼去問他這個問題，他喜歡的人就是黃子芸啊，怎麼可能同時喜歡我。

還是，「如果我喜歡你，你會不會喜歡我？」不對不對，好像沒有講這麼長。

我只記得講到過「喜歡」兩個字。

我崩潰地用力搖搖頭，夜裡的酒氣還全聚在頭上，痛得我唉唉叫。喝酒就是會壞事，我氣到忍不住敲了自己的頭，結果更痛。我用盡力氣，緩緩坐起身，脖子就好像斷了一樣。

從今後，我要戒酒。

拖著沉重的身體，好不容易好好洗了個澡，才終於覺得舒服許多。打理好自己後，走出房門，走到客廳，就看到依依和明怡坐在餐桌前吃早餐。她們看到我起床，臉上滿是驚訝。

「妳怎麼那麼早起？」依依看著我說。

我拉了餐桌前的椅子坐下，頭還是很痛，有氣無力地說：「我也不知道，就醒了，然後就睡不著了。」

明怡幫我倒了杯牛奶，放到我面前，「大勇說妳喝了很多，妳沒事吧？」

「有事，頭痛死了。」我喝一口牛奶。

「大勇比較有事吧！他昨天晚上把妳背回來，從一樓爬到五樓，都快要喘死了。把妳放在床上之後他就倒在沙發上睡著了。真不知道他上輩子欠了妳什麼，對妳這樣鞠躬盡瘁。」依依這顆風向球轉往孫大勇那個方向。

說真的，我上輩子也不知道欠了他什麼。

「那他呢？」我問。

「他也剛離開不久，本來要幫他做早餐，結果他說公司有事，一下就不見了。」明怡說。

我點了點頭。

明怡擔心地看著我，一臉想問什麼又不敢問的表情。我直接給她一個爽快，「我知道妳想問什麼，我沒事了，真的。」王靖的事，是我作夢也沒想到會經歷的教訓，雖然很難承受，我仍會勇敢面對。

而且，醉過一場，心情已經好多了。

立湘也在這個時候起床，自己倒了杯水，在我旁邊坐下。

「還好沒事，不然，就算妳放過王靖，我們也不會放過他。」依依憤憤地咬了口土司說。

「沒錯。」立湘附和。

我笑了，有她們在，我已經比別人幸福太多了，還能有什麼事？事實上，我覺得王靖很可憐，把自己好好的人生過成這個樣子，原本以為，他可能在這城市的另一個角落過著當初他計畫好的生活，沒想到一切都變了樣。

他變了，我也變了。

王靖讓我知道，這世界上沒有不會改變的事。

明怡和依依去上班，立湘也回房間工作了。我稍微整理一下家裡，簡單地打掃完，就換了衣服去早餐店，這兩天都沒有到店裡看看，不知道早餐店是不是還安好。

當然安好。

一到早餐店，看見大家各自忙碌的身影，堅守自己的崗位，我安心地微笑，她們這麼認真努力，我想，就算我一個月沒來，早餐店依然能夠好好運作。

我走進去，大家發現我來了，都驚訝地看著我，我也驚訝地看著她們。不知道她們為什麼要驚訝。難道，短短兩天不見，我變漂亮了嗎？還是我胸部從B變成D了？

看到現場還有不少客人在等餐，我也沒辦法進一步問。不過目前的人潮，對她們來說只是個小case，我派不上用場，於是直接走進休息室，好好處理早餐店的帳目。王靖拿走的那些錢，我得想辦法補上。

算帳算到頭很痛，琪琪打開門走進來，端了杯熱咖啡給我，對著我問：「樂晴姊，妳病好多了嗎？」

「我生病？」我疑惑地看她。

「對啊！大勇哥前天早上來電，說妳這兩天身體不好不會過來，大家都很擔心，昨天想打電話給妳，但手機都轉語音。」琪琪好像天塌快下來的模樣。

感謝大勇幫我說了謊，免得她們知道自己的老闆是個被初戀男友劈腿就算了五年後被他騙了一堆錢還得上警局做筆錄到醫院驗傷的蠢女人。我的頭銜實在長得不知道要從哪裡打個逗點。

我給了她一個微笑，「我好很多了。」

「那就好！不過，樂晴姊，妳是不是八字很輕？我覺得妳最近臉色很差，是不是鬼月的關係？妳要不要去拜拜？我家隔壁有一間土地公廟，我從小拜到大，妳看看我，身強體壯！」琪琪熱心地推薦。

拜拜是應該去的，雖然老天爺常常漏掉我的訊息。但如果要說是鬼月的關係，那我從小倒楣到大，每個月都應該是鬼月了。不過，還是非常感謝琪琪的關心，我笑著回應她，「好啊！我再找時間去，謝謝妳喔！」

「那妳要去的時候跟我說，我帶妳去。」琪琪的單純熱情，是客人喜歡她的原因。

我點點頭。

琪琪轉身要出去時，又馬上回頭，「對了，樂晴姊！結果我重要的事都沒有跟妳說。」她尷尬地笑了笑。

「嗯?」

「昨天早上大勇哥來過，剛好進發材料行和茶葉廠商要來收貨款，大勇哥先付款了，雞蛋廠商少送了兩籃蛋，也是大勇哥先去買回來的，他叫我們有事直接打電話找他就好了，要妳好好休息。」琪琪一字一句說著，我越聽越沉重。

因為太感動而沉重。

我和大勇的關係是朋友，即便是我們之間還有個無聊協定，那個協定不管告訴誰，所有人都一定覺得很幼稚的。但大勇為我做的一切已經超越過家人，頓時，我又快濕了眼眶。

琪琪露出少女般的神情繼續說：「我覺得大勇哥真的對妳很好耶，個子又高。雖然長相看起來有一點凶凶壞壞的，但其實人很溫柔善良。唉，如果我也能交到這種男朋友該有多好啊。」

我對她笑了笑，沒辦法回答她，畢竟我沒有交往過他那樣的男朋友，所以我也不知道究竟有多好。

我沒有那種福氣，以前沒有，未來應該也沒有。

琪琪講完後，大笑了幾聲，「好吧！我花痴完了，我出去忙囉！」我被她可愛率真的模樣逗笑，覺得年輕真好。

我回到工作上，繼續和數字奮鬥，終於把帳搞定。接下來我可能要過上兩年省吃儉用的日子，才能把損失補回來。不過，我仍要慶幸，至少損失的是金錢，而不是其他的。

我從休息室走了出去，客人已經變少了，大家開始在整理東西，店裡的電話響起，我接了起來，「活力早餐店您好。」

「是我。」大勇的聲音傳過來。

我的心跳竟開始加快，對於自己莫名其妙的反應感到有點慌張。

見我沒有反應，孫大勇又補了一聲，「喂，聽得到嗎？」

「有啦！」我深呼吸後回答。

「我下午飛日本，領團的人昨天晚上盲腸炎住院，我先去補他的位置，五天四夜，星期六才會回台灣喔！」他一字一句詳細地說著。

「喔！」我只能這樣回應。

孫大勇很不屑地說：「喔什麼喔！妳沒事就早點回去休息，想去哪裡找依依或明怡陪，如果很累也不用每天去早餐店，我看琪琪她們都做得很好，如果妳真的很無聊沒事做，想找事做的話，就去我家找我媽，她非常願意每天陪妳聊天，還有，找時間去重辦一支新手機，不然很難聯絡。」

「知道了啦！」我假裝很不耐煩地回答。

但事實上，此刻聽著他的聲音，聽著他說的每一句話，我心裡就有一股衝動想問他在哪裡，好想馬上見到他。我覺得我一定是被王靖傷得太深了，對大勇的反應才會這麼反常。

孫大勇聽見我的回答，很不爽地說：「林樂晴，妳做人不能知恩圖報一點嗎？我那麼關心妳，妳居然這樣回答我，妳有沒有良心？有、沒、有！」

「對你剛好沒有。」我試著像往常那樣地回答他，發現自己演技增強中。

「很好，看妳慢慢恢復，我可以安心去工作了，記得，手機買好了就跟我聯絡一下，OK？」他重複確認一次。

我說過我一直很佩服他對某些事物的執著，如果我再繼續跟他白目下去，他肯定會跟我盧到他上飛機的那一刻。他可能有空，但我沒有空，我還得去銀行重新申請提款卡和轉帳，我馬上妥協地說：「知道了啦！」

「很好，回來買禮物給妳。如果想到要什麼，隨時給我電話，難得我這次沒去加拿大，去日本。」他很得意地說。

但我聽到加拿大三個字就莫名火大。

「我要木村拓哉的親筆簽名，上面還要寫 to 樂晴，繁中，少一畫都不行。」我頓時成了刁難善良忠厚男人的黑山老妖。

「妳就等到下輩子吧！等我變成木村拓哉的經紀人，我還讓他幫妳抓龍敲背！女人就是不能寵，給一點顏色就給我開起印刷廠，跟我媽一模一樣，難怪妳們是好朋友！我要去機場了，剛才跟妳說的請銘記在心、在腦、在所有器官。」孫大勇說完，沒給我頂嘴的機會，就搶先掛掉電話。

放下話筒，想著孫大勇剛才說的話，我忍不住笑了。

大家看到我對著室內電話機傻笑，全都停止了動作。琪琪先飄過來，一臉八卦地問我，「大勇哥說了什麼，妳這麼開心？臉還紅紅的……」

聽到琪琪的聲音，我馬上回神，感到有點丟臉，假裝鎮定地說了句，「沒什麼啦。」然後快速地回休息室拿了東西，再逃出早餐店。

我跑到一半，突然發現不對勁，請問我在慌張什麼？

我發覺自己像個瘋子一樣情緒不定，緩了口氣，穩定一些，我才開始頭腦清楚地處理生活上的許多雜事。先到銀行辦理提款卡，再繳了早餐店及家裡的電話費，然後到通訊行買新手機，接著回家找立湘再幫我重新下載 app 和設定。智慧型手機對我這種太有智慧的人來說，是同類相斥，我們總是很難變熟。

全都搞定之後，興沖沖地想傳文字訊息給孫大勇。字才打到一半，我心裡那個神經質老處女沒有經過我同意，就蹦進我腦子裡。她不停地對我洗腦，「沒事為什麼要傳訊息給他？他又不是妳的誰，為什麼要傳訊息給他？」

於是我的字打了又刪、打了又刪。

我怕我被自己逼瘋，二話不說關掉手機，決定他回台灣之前都不准開手機，免得浪費時間掙扎。做了這個決定不到一分鐘，我就又忍不住開啟手機，迅速地傳五個字訊息給他，「買好手機了。」

但他一直沒有回應。

於是我煮飯的時候，吃飯的時候，看電視的時候，都不停地注意手機。順便在心裡罵孫大勇，叫人家傳簡訊給他，可是自己又不回，真的是很過分。

依依受不了地問我，「妳這麼愛這支新手機？三分鐘就看一次，妳在等誰的電話？大勇的？」

我馬上反駁，「我哪裡等他電話，我沒事幹麼等他電話，我吃飽了撐著等他電話，我是瘋了嗎？」

依依看著我，一臉訝異與不解，「我只是隨便說說，妳幹麼那麼激動？」

我頓時尷尬地笑了笑，「沒有啊！我哪裡激動了？想吃水果嗎？上次淑鈴姊給我們的梨子還有，我去削來給大家吃。」

光速逃離客廳。

跑進廚房，我用力地吐了一口氣，覺得自己變得好奇怪。以前孫大勇出差我樂得輕鬆，不用一接到他吵著肚子餓的電話就成為他的煮飯婆，不用看到他隨時隨地站著躺著坐著都在打電動，怕他眼睛瞎掉，氣得半死。

但現在他才離開台灣六個小時，我竟然開始想念他。

我邊削梨子邊搖著頭，想搖掉這種不像樣的想法。但依依不知道什麼時候走到我旁邊，默默地出聲，「妳幹麼？脖子痛喔？」

我被她狠狠地嚇了一跳，忍不住大叫，依依被我的叫聲嚇到，也忍不住大叫，兩秒後尖叫聲才停止，立湘和明怡在外頭被我們的叫聲嚇到，跑來廚房想確認到底發生了什麼事。

結果什麼事都沒有。

依依緩了口氣，扯開嗓子唸我，「林樂晴，妳到底在想什麼？我在客廳喊妳那麼多次，妳完全沒有聽到，連我走到廚房妳也沒發現，妳今天到底是怎麼了？可以收回妳的三魂七魄嗎？」

我哭喪著臉向依依道歉，「我也不知道，就出神了。」

依依用力戳了我的額頭，「妳真的是……快去接電話啦！大勇打來的。」

聽到大勇兩個字，我馬上回收三魂七魄，著急地問：「在哪裡？」

「客廳啦！」依依受不了地對我大吼。

但我完全無視她的怒氣，直接跑到沙發旁接起電話，只喂了一聲，孫大勇就劈里啪啦地問：「剛才是怎麼了？怎麼叫得那麼大聲？是有歹徒跑進來了嗎？」

他溫暖的關心和他一直沒回訊息的冷淡成了對比。

我馬上臉拉下來，冷淡地說：「就看到一隻跟你一樣大的蟑螂。」

他笑了笑，然後問我，「妳今天幹麼了？」

「沒幹麼，就去了銀行辦事，再去通訊行買手機。」買手機三個字我還高八度強調了一次。

「買手機了？怎麼沒跟我說，不是叫妳傳簡訊給我嗎？」他還好意思說。

「明明就傳了，是你不回好不好！」我不屑地回話。

「少來，我根本沒有收到好嗎？」他的聲音無比地正經，跟他要求要打電動的語氣一樣誠懇。

我馬上從沙發拿起手機，打開簡訊，把儲存好的電話號碼一個數字、一個數字地核對一下，孫大勇馬上猜到我的愚蠢，「妳該不會傳錯號碼吧！」

嗯，七七五，我按成七七八，我裝傻地笑了。

「妳真的可以再蠢一點！沒事早點睡，我要去睡了。」說完後，他掛了電話，我也掛了電話。

帶著輕鬆的心情以及美好的微笑，繼續回廚房把梨子削好，和姊妹們夜晚愉快地談話後，舒服地睡了一個好覺，再次睜開眼睛時，心情更好了，因為再過三天就可以看到大勇了。

人生中，我第一次在台灣倒數孫大勇回來的日子。

倒數到最後一天，想到隔天就可以看到他，我連做三明治都能哼起歌，倒杯紅茶都能跳 hip-hop。琪琪見我這麼興奮，忍不住笑著問我，「樂晴姊，妳對發票中兩百萬嗎？心情這麼好。」

我笑了笑，「兩百塊。」孫大勇差不多是兩百塊的程度，畢竟我這輩子一次也沒有中獎過，孫大勇能夠被我當作兩百塊，已經是一種榮幸了。

琪琪也對我笑了。

在吧檯忙了一陣子，我回到休息室繼續工作，才坐下把記帳簿拿出來，琪琪敲了敲門後，打開門告訴我，「外面有人要找大勇哥。」

我好奇地往外頭走出去，琪琪指了指在角落座位的一個女人，她穿著一件白色休閒洋裝，外面披一件水藍色針織薄長袖外套，俏麗的短髮襯得她深邃的五官更亮麗，喝咖啡的模樣，行為舉止的優雅和明怡有得拚，如果講重點，就是個漂亮的女生，不，是非常漂亮。

這樣的女人，要找八竿子打不著的孫大勇？

我好奇地走過去，她看見我，也站起身。高䠷的身形足足高了我一個頭，她給了我一個非常美麗的微笑。

氣勢被她狠狠地壓了下去，外表也被她狠狠地踩在地上。我不敢太靠近她，距離她一公尺站著，留在哈比人的世界裡。我緩緩開口詢問她，「不好意思，請問妳要找大勇是嗎？」

「是！我剛剛去過旅行社找他，但聽說他帶團出國了，不過，他們的櫃檯小姐告訴我，他並不會時常在公司，比較常來這間早餐店，我只是想先過來問看看，請問妳是大勇的朋友嗎？」她非常有禮貌地問著。漂亮的女生連聲音都這麼好聽，老天爺真的是太過分了。

請多看看我好嗎？用眼角的餘光關愛我一下可以嗎？

我點了點頭，「請問妳是？」

「我叫周子芸，和大勇是從高中就認識的朋友。」她面帶笑容，非常客氣地向我介紹自己。

我則是聽到子芸和高中兩個關鍵字，嚇得差點跌坐在地上。我深呼吸了一口氣後，看著她的臉，口乾舌燥地問她，「那……妳認識黃子芸嗎？」

她一臉不可思議的表情，開心地走到我旁邊，拉著我的手，對我說：「我以前是叫黃子芸沒錯，妳怎麼知道？大勇告訴妳的嗎？」

她拉著我時，我看到她手上的哈囉凱蒂手鍊閃啊閃，再看到哈囉凱蒂指甲彩繪亮啊亮的，又想到孫大勇手臂上的哈囉凱蒂刺青，更確定她就是黃子芸，孫大勇找了十幾年的黃子芸，讓孫大勇單身了十幾年的黃子芸，孫大勇心裡只有她一個人的黃子芸。

她的話頓時把我推入萬丈深淵，我開始耳鳴，完全聽不到她說了什麼，只見她嘴巴不停地在動，而我全身都在發冷。

正逐漸失去體溫，正逐漸失去孫大勇。

我在短短十分鐘內從天堂掉到地獄。

淑鈴姊的問題突然浮現在我腦海，「如果大勇真的找到黃子芸，妳會怎麼樣？」

我想，我可以給淑鈴姊答案了。

如果大勇真的找到黃子芸，我就會永遠地失去他。

第八章——

哈囉，還有再見

我坐在房間，看著黃子芸遞給我的名片，想到她早上離開早餐店前，很有禮貌地對我說：「旅行社給了我大勇的電話號碼，我撥過他的手機，但他沒有接，如果他打電話給妳，請妳轉告他，說我在找他，好嗎？」

不好。

我想這麼說，但我沒有。

因為，大勇如果知道他一直在找的人也正在找他，一定會很高興的。所以我收下了名片。

但我很不快樂。

從早上碰到黃子芸開始，我就很不快樂。看到黃子芸這麼美麗大方，我就很不快樂，想到孫大勇和黃子芸很快會見到面，我就很不快樂，想到孫大勇愛著黃子芸，我就很不快樂。

以前不會不快樂的事，現在都變成了不快樂的來源。

我懊惱地打了自己的額頭一下，我為什麼會變成這樣？

響亮的巴掌聲吸引了從我房間門口經過的依依，她好奇地走進來，看到我精神分裂的樣子，擔心地站在房門口問我，「要帶妳去看醫生嗎？」

我被她的聲音嚇一跳，差點從椅子上摔下來。依依嘆了好大一口氣，走進來，一臉無奈地說：「妳最近到底是怎麼回事，前幾天魂不守舍的，才正常沒兩天，今天又開始魂都不見了。」

我調整坐姿，傻笑兩聲，「沒有啦！可能是今天早餐店太忙了。」

「最好是！立湘明明說妳早上不到十一點就回家了，午餐也沒有吃，妳到底是怎麼了？」依依邊說邊走到我旁邊，坐在一旁的床上，眼睛看到我手上的名片，下一秒就抽了過去。

「周子芸？這誰啊？」

我看著依依，不知道該怎麼開口。

依依見我表情有異，馬上開口恐嚇我，「林樂晴，妳再不老實跟我說，我就真的要翻臉了。」

好吧！就算依依沒有威脅我，我今天也想說。

因為現在，我需要有人告訴我，我是哪裡出了問題。如果是卡到陰，我到底應該去拜土地公還是三太子？還是應該先去收驚？

我實在無法再獨自面對這一切。

「快說啊！」依依再一次催促我。

「我想說啊，但妳可以讓我先想一下要怎麼說嗎？因為很複雜，真的很複雜，我很怕妳會聽不懂。」我努力地在腦海裡組織所有事情發生的先後順序。

然後，我開始從大學時期講起，包括孫大勇告訴我關於他和黃子芸的愛恨情仇，還有我和孫大勇間的暗潮洶湧，花了整整半個小時，沒讓依依有機會插嘴，我仔仔細細把前因後果交代得非常清楚。

我講完，依依難以置信，無言以對，「天啊！這些事妳居然可以藏十年完全不告訴我們，妳到底有沒有真心把我們當姊妹啊？」

「這是大勇的私事，除非他自己說，不然我怎麼講？」

依依雙手捧著頭，還是一直說著unbelievable，「天啊！我們還老是想把妳跟大勇湊成一對，難怪妳老說妳和大勇不可能，我還不相信妳。妳看看妳，什麼都不說，結果我們都變成壞人了。」

「你們本來就什麼都不知道，哪有什麼壞不壞人，有些事是真的不知道要怎麼說啊！妳不也是嗎？像上次和學長吵架差點分手，也是到最後才告訴我。」我馬上反駁依依的想法。

世界上不是每一件事都能像八卦一樣輕鬆說出口，尤其是自己的事。

依依又重重嘆了一口氣，拉著我的手，不知道該說什麼。

我繼續問依依，「妳說！我是不是很下流？大勇找了她這麼久，我竟然會有那種不想告訴他的念頭，我竟然會對他不仁不義，妳說！我是不是瘋了？」

她的表情黯淡下來，看著我的臉，不知道該從何開口，嘴巴一張開又馬上閉上，讓我看了整個又心慌又難過，「對吧！妳是不是也這樣覺得？我以前根本不會這樣，我變得太自私了，我竟然不希望大勇和黃子芸復合……」

依依看著我，心疼地說：「喜歡上一個人，本來就容易變得自私，妳以前不會，是因為妳不知道自己喜歡大勇，或者妳還沒有喜歡大勇，但我覺得是前者，因為妳和大勇之間的感覺早就超乎一般的朋友關係，只是妳一直不願意承認，而我們也樂見其成，根就不知道你們之間還有這麼多祕密。」

愛上大勇？

我愛上大勇？

我苦笑了一聲，「怎麼可能。」

「為什麼不可能？王靖那個王八蛋妳都愛過了，還有第二任那個會打女人叫邱什麼來著的妳也愛上他了，還有上一任那個潘韋呈，他媽媽對妳那麼差，妳還在那裡不離不棄。大勇雖然偶爾白目，但那也是他可愛之處，重點是他對妳那麼好，妳為什麼不可能愛上他？妳一直說服自己，只是因為妳知道大勇喜歡別人。」依依給了我一個無法反駁的解釋。

我很想說什麼來拒絕承認這個事實，但依依的每一句話都命中紅心。

她安慰著我，「樂晴，雖然現在知道自己心情的時機有點糟糕，甚至有點晚，但是妳總要釐清自己的感受，妳才能知道下一步該怎麼做。」

我點了點頭，至今無法消化這個遲來的事實。

「可能是我太習慣大勇了，從大學到現在，只要我轉頭他都在，因為覺得他一直都會在，所以不願意想那麼多，就變成了現在這樣。」我真的是感情的負面教材反指標，請各大出版社來找我出書，絕對會熱賣暢銷。

依依摸了摸我的頭，「習慣也是一種愛，只是我們很容易忽略就是了。」

我笑也不是，哭也不是，表情扭曲。

依依捏了捏我的臉頰，終結我的苦瓜臉，「妳現在一定覺得自己很笨，但如果妳有這樣的心情，請妳放下丟掉，連資源回收都不要送，感情裡，真正放感情的都是傻子，如果不傻，那就是不夠愛而已。」

她又補一句，「反正妳也笨那麼久了。」

我沒好氣地瞪了她一眼，順便拿開還放在我臉上的手，「對朋友有點義氣好嗎？」

「所以，妳不要告訴孫大勇！」依依突然說。

「啊？」話題轉得太快，我聽不懂。

依依對我的智商感到無奈，「我說，那個什麼子芸的事，不要告訴大勇，讓她自己去找。我不是什麼偉大的人，我的心就是偏的，完全偏向林樂晴，其他人怎樣，說真的我管不著，也不想管。聽我的話，絕對不要告訴大勇，答應我！」

我為難地看著她，「這樣好像對大勇太過分……」

依依翻了個白眼，不屑地對我說：「那位小姐對大勇不聞不問十幾年就不過分嗎？好，先不要說妳對大勇的感情，光我站在大勇朋友的立場，我對那位小姐就非常感冒，寫個 email 手會斷嗎？學校沒有教過嗎？不會用電腦嗎？不要跟我說移民加拿大的人家裡沒有錢買電腦，再不然，打個國際電話很難嗎？難道看不懂數字鍵嗎？大勇沒搬家過，就算那時候沒有手機，家裡電話也沒有換過，為什麼不聯絡？我唯一能夠接受的理由就是她失憶，她腦海藏了一大塊橡皮擦，直到前一陣子被雷打醒了，她決定回台灣。不過，最好有這麼容易患上失憶症！」

我聽著依依如此流暢的罵人聲音，此刻我非常慶幸自己跟她是朋友，不是敵人，阿彌陀佛。

「不過……為什麼她現在叫周子芸？」依依又開口，問了我也很想知道的問題。

「我也不知道。」早上看了這麼閃閃發亮的黃子芸，我已經沒有心情再問她為什麼改姓周。但我想，這大概也是為什麼大勇一直找不到她，因為她改了姓。

依依突然唉了一聲，洩氣地往我床上躺，在上面翻滾了好幾圈，邊翻邊唉唉叫。我忍不住對她說：「請問一下，感情有問題的人不是我嗎？不是應該我躺在床上滾嗎？」

「妳不懂啦！我心目中的黃金組合就是妳和大勇，其他的我都不能接受！」她蓋著棉被在被窩裡大吼。

我很感激地笑笑，謝謝依依對我這麼有信心。只是我和大勇永遠只能當朋友，他對黃子芸的感情，我比誰都還要清楚，他對黃子芸付出的一切，我全看在眼裡。我在心裡苦笑，又是一場還沒開始就注定結束的愛情。

林樂晴，誰叫妳就是倒楣！

當天晚上，我夢到爸媽很不客氣地對我這樣說，所以我心情很不好，完全睡不著，一大早就起了床，然後在早上六點半打電話到新加坡給大姑姑，是姑丈接的，聲音聽起來還很睏。

「啊，樂晴啊！這麼早，我叫她來聽。」姑丈順便打了個大哈欠。

五分鐘後，大姑姑才接了起來，一樣是從夢鄉中被吵醒的聲音，「拜託，怎麼這麼早，發生什麼事了嗎？」

「我夢到爸跟媽了。」我說。

「妳不是常常夢到他們嗎？」大姑姑意思是：有什麼好大驚小怪的？

「他們笑我說我就是倒楣耶。」我生氣地說，哪有人家父母這樣的，不覺得太過分嗎？我喜歡的人喜歡別人耶！不是應該安慰我一下嗎？

大姑姑居然在電話那頭冷笑了一聲，「妳是倒楣啊！不然怎麼三十幾歲了還單身？」

哈囉，Excuase me？這是人話嗎？

我才想開始絕地大反攻，大姑姑很冷淡地開口，「妳想我，妳想聽我的聲音，我非常樂意，但請不要在早上六點半這種會讓人想殺人的時間來電。妳姑姑我也有點年紀了，最需要的東西就是睡眠，OK？」

我都還沒有回答OK不OK，她就掛了我的電話。

林家長輩都一個樣！

我帶著低落的心情下床，簡單梳洗過後，來到廚房，打算好好減壓一番。於是我從冰箱裡拿了各種食材開始洗洗、切切、煎煎、煮煮……很快地，其他三個還在睡覺的也被我吵醒了。

我很抱歉，但如果我沒有做點事來發洩，我可能會馬上買機票，搭上我打死都不想搭的飛機去找我唯一的親人攤牌，問大姑姑一句，「說，我是不是撿來的？」

明怡最先走到廚房，看著滿桌的早餐，她倒抽一口氣，「樂晴，妳這是怎麼了？生菜沙拉、洋芋泥、歐姆蛋、培根火腿、德式香腸、法式吐司、藍莓貝果、蜂蜜鬆餅……」接著繼續走到還在瓦斯爐前奮戰的我旁邊，「天啊！還有義大利麵，妳會不會做太多了？」

我沒有回應，繼續跟我的天使細麵談戀愛。

不到兩秒，我聽到依依大叫的聲音，「林樂晴！妳是在餵豬嗎？這幾天飲食太正常，我已經胖兩公斤了！」

我回過頭看了她一眼，意思是說，就算妳胖二十公斤，也要把桌上的食物吃完。

瞬間感受到我的殺氣，她們三個人很快速地入座，自動開始吃起早餐。我把天使細麵裝盤，再幫她們一人準備一碗巧達濃湯和一杯牛奶。她們每個人都很不真心地笑嘻嘻說了聲謝謝。

果然，在這個社會上還是當壞人比較快樂。

我脫下圍裙，也拉了餐椅坐下，開始吃早餐時，桌上的手機響了，是大勇打來的。明白自己的心情後，要接他電話，我有一點尷尬，看著螢幕發呆了兩秒，深呼吸一口氣才接起來。

告訴自己，要像朋友一樣對話，「幹麼！」我說。

「妳幹麼那麼凶？一大早誰惹妳？」他在電話那頭笑著說。

「全世界。」不知道罵誰，只好公平地遷怒。

孫大勇沒有理會我的白痴，繼續說：「我等等要去機場了，到台北將近十二點吧！妳有沒有想買什麼？」

「沒有，你不要亂買東西喔！你也知道你眼光很差！」我不希望他浪費錢。

「知道啦！妳有必要一直提醒我這件事嗎？那其他人咧？」

我對著正努力吃早餐的三個人問：「大勇說他等一下要去機場了，需要幫妳們買什麼嗎？」

三個很認真吃早餐的人用力搖了搖頭。

「都不用。」我對他說。

然後我不知道為什麼突然想到黃子芸，我一定是太早起，腦子不正常了，一定是一大早滿漢全席使我精神錯亂了，完全忘了昨天依依說的話，居然直接開口問了孫大勇，「那個……你這兩天有接到什麼電話嗎？」

「什麼電話？」他疑惑地問。

我眼角餘光瞟到坐在對面的依依，她一直使眼色，還一直把食指放在嘴巴前「噓」地出聲阻止我，我只好把話又吞回去，「沒有啦，怕你在日本打太多國際色情電話啦！」

孫大勇很不爽，「喂，我是那種人嗎？我頂多看看免費A片，這世界上哪個男人不看？我告訴妳，連金城武也會看好嗎？」

「你少拖金城武下水！」我說。

「我沒有要拖他下水，我只是想告訴妳，男人就是這樣子，韓劇可以看看打發時間就好，不要拿來參考，更不要當真好嗎？」他說得頭頭是道，我聽得耳朵都痛了。

「管好你自己就好，不要浪費電話費，回來再說。」為了他的電話帳單著想，我早他兩秒掛了電話。

我在心裡嘆口氣，等他回來，要怎麼開口告訴他？

吃完早餐，我站在洗碗槽前，邊洗碗邊想這個問題。我還是無法像依依說的那樣不告訴孫大勇實話，因為我喜歡他，所以更不願意欺騙他。

依依不知道什麼時候走到我後面，對著我思考的背影說：「我知道妳在想什麼，但我勸妳聽我的話，不然妳會受傷。」

我被她嚇了好大一跳，手上的盤子差點滑出去。

她走到我旁邊搭著我的肩，開始仔細分析，「反正她有大勇的聯絡方式，妳讓她自己聯絡，能不能聯絡上，就靠他們的緣分。妳自己都需要丘比特了，幹麼還自己去當丘比特？妳已經很忙了，不需要再兼差，有沒有聽到！」

我順從地對依依點頭，我知道她愛我。

她摸摸我的頭，「Good girl！我去上班了，晚上住康尚昱那裡，不回家喔！別等我門，有事隨時給我電話。」

我笑了笑，送她和明怡出門後，也回房間換好衣服，準備出門到早餐店。離開房間前，看著化妝桌上黃子芸的名片發呆了好一會兒，最後還是把她的名片放到包包裡。

依依的話不過二十分鐘前才講過，我已經給忘了。

到了早餐店，一樣的忙碌時間，一樣的工作流程，我回到休息室裡，計算這個月的薪資和獎金，過了一會兒，琪琪開門叫我，「樂晴姊，大勇哥來囉！」

我看了一下時間，十二點十分。

放下手上的工作走出去，孫大勇一樣坐在吧檯邊的老位置，喝著冰紅茶，玩著他心愛的遊戲。

「要吃點什麼嗎？」我問。

他搖頭，「我們等等一起去吃林東芳牛肉麵。吃了好幾天豚骨拉麵，我需要黑白中和一下。」

什麼鬼理由啊？

他放下手機，從旁邊的位置拿了一個提袋遞給我，「這次沒買到串飾，新款都還沒上市。」

我接過來，好奇地問他，「那這些都是什麼？」

「藥啊！那團裡面超多妹妹都不停在買藥，她們說日本的藥妝好買又好用，晚上自由行動時，我叫她們帶我一起去挑的。妳不是有時候會便祕？粉紅色那盒就是治便祕的……」他毫無顧忌地解釋，完全沒顧慮到我並不想讓大家知道我便祕的事。

店裡每個人都在偷笑，我只能一邊嘆氣一邊翻白眼。

「還有白色那盒，妳偏頭痛的時候可以吃，裡面還有生理痛的藥、發燒藥、嘴破藥、蚊蟲咬傷時止癢消腫的，還有一些筋骨痠痛用的，妳上次不是搬東西扭傷嗎？以後需要時就可以直接貼了，還有……」他對著我，用非常認真的表情一個一個解釋。

「好，我知道了。」我阻止他繼續說，再聽下去，我會因為太感動而控制不住自己，衝到吧檯外擁抱他。

我把東西拿到休息室，站在我的包包前猶豫了很久，還是把黃子芸的名片拿了出來，放到圍裙口袋裡，然後腳步沉重地走到外頭。孫大勇還是在打電動，我看著和我隔著一個吧檯的他，那是我最熟悉的模樣。

等到我告訴他黃子芸回來的消息之後，未來，我和他會變成什麼樣子？我必須承擔這個風險。

他感應到我站在他面前不知所措，眼神還是捨不得離開螢幕，邊打電動邊說：「怎麼啦？」

「那個，就是啊……」我支支吾吾的，不知道該從哪裡開始說。

他一臉不耐煩地抬起頭說：「妳不要告訴我說妳不想吃牛肉麵喔！我很想吃，我超想吃，所以妳一定要陪我去吃，就是這樣，沒得商量，我就是要吃牛肉麵！」

整個人給我放肆了起來，以為隔著吧檯我就揍不了他嗎？我踮起腳尖，伸長手，直接用手指狠狠地戳了他的眉心一下。指甲印彎彎的，他瞬間變身成包青天。他「啊」地叫了一聲，突然拉住我的手，好奇地看著我手上的鐲子。

「這鐲子是我媽給妳的嗎？」他說。

我點點頭，「淑鈴姊說戴了這個會好運，會遇到好男人。」

他笑了笑，「我媽講的話，妳相信喔？」

「信啊！」我說。

他又笑了，拉起我的手，左看看右看看手上的鐲子，好一陣子才放掉我的手說：

「妳戴起來挺好看的。」

我理所當然地點了點頭。

然後他馬上催促我，「妳整理好了沒，我超餓耶，我沒吃飛機餐，就是為了要吃兩碗牛肉麵耶。」

「好啦！快好了，只是，有件事我還是想先跟你說。」我說。

「那妳快說。」他已經開始收手機、拿鑰匙，準備起身了。

我把手伸進圍裙口袋，摸著黃子芸的名片，吞了口口水後，緩緩開口，「其實昨天黃子……」

「大勇！」早餐店門口傳來一道清脆又有點熟悉的聲音。

我和大勇同時轉頭看著聲音的來源。

我的心臟被這一幕狠狠撞擊，比昨天更美麗的黃子芸正站在早餐店門口，微笑看著孫大勇。我心跳幾乎要停止，再轉頭看站在我面前的孫大勇，他一臉驚訝地望向黃子芸，當他們的眼裡只有彼此的那一刻，我體認到依依說的「妳會受傷」四個字的心情。

我無法預測接下來會發生什麼事，我怕我會看到兩人相擁，我怕我會看到兩人確定彼此，只好膽小地、怯弱地，悄悄離開現場，默默走回休息室。

他們的緣分超乎我的想像。

接下來的時間，我坐在休息室裡的椅子等待大勇的消息，期待琪琪會打開門告訴我，「樂晴姊，大勇哥問妳好了沒有？」

但是沒有，琪琪只告訴我，他們都已經整理完畢準備要下班了，請我最後離開時記得關燈。

我整理好自己的東西，失落地走了出去。鐵門拉下一半，早餐店裡面只有室外陽光透進來的一點點亮光，沒有任何一個人在，連和我約好要去吃牛肉麵的孫大勇也早就不見人影。

他離開了，和黃子芸一起。

回到家，立湘正在吃午餐，她抬起頭問我，「樂晴，我煮了牛肉泡麵，要一起吃嗎？」

我搖了搖頭，從現在起，我開始討厭牛肉麵。

把自己關在房間一整天，看著完全沒有任何動靜的手機，覺得心很慌。見到黃子芸後，孫大勇在十秒內就把我忘記得非常徹底。

手機突然傳來訊息的提示音，我趕緊滑開來看，結果是明怡在群組聊天室裡傳了訊息過來，她說她晚上要和官敬磊去北投玩，不回家睡覺。

我又把手機丟到一旁。

就這樣不停重複地拿起手機又放下，直到我睡著。當我再次醒來，已經晚上八點多了。睜開眼睛的第一秒，我已經伸手拿了手機，第二秒，螢幕在我眼前亮著，亮得我的上眼皮離不開下眼皮，好不容易適應亮光，映入眼裡的，仍然是沒有任何通知的桌面。

我嘆了口氣，在床上滾來滾去，滾到全身腰痠背痛，只好起床，走出房門，立湘又在廚房準備煮泡麵。「別吃泡麵了，我炒飯給妳吃。」

立湘看著我，「妳看起來臉色不太好，我隨便吃吃就好了。」

「再怎麼隨便吃吃，也不能連續兩餐都吃泡麵啊！對身體真的很不好，妳又那麼常熬夜，不多吃點健康的怎麼可以？」

立湘知道我的堅持，吃進身體裡的一定要對健康有益才可以。

她只好坐在餐桌旁等待。突然間，門鈴響了，立湘去開了門，孫大勇走了進來。我看到他，不知不覺緊張起來，他卻一派輕鬆，和我的緊繃成了對比。他走到我旁邊，看見我在炒飯，笑著對我說：「我也要吃，大碗的！」然後坐到立湘旁邊拿出手機繼續打電動。

就好像今天沒有遇到黃子芸這件事。

就好像今天只有我一個人看到黃子芸一樣。

今年的鬼月，怎麼特別多事？

炒好飯，再幫他們煮了碗湯。把晚餐放在他們兩個人面前，一個邊吃邊看雜誌，一個邊吃邊打電動，這是對食物的不尊重，所以我輕咳了兩聲，很冷淡地說：「選一種。」吃飯還是做事。

他們兩個人同時動作，一個把雜誌放到旁邊，一個把遊戲關掉，開始專心用餐。

我回到流理檯前幫他們準備水果，放到餐桌上後，我就去客廳看電視。不！是假裝看電視。事實上，我腦子不停地在亂轉，想著孫大勇會不會告訴我，他和黃子芸發生了什麼事，還是我要開口問他？他會說嗎？

就這樣思緒紛飛，飛到宇宙晃了一大圈，直到他們吃完飯，立湘回房間工作，孫大勇坐過來我旁邊又繼續打電動，玩了兩個多小時，孫大勇還是什麼也沒說，我也還是沒有問。

「我要回家睡覺了。」孫大勇站起身對我說。

我點點頭，送他走到門口時，我還是忍不住問他，「你有沒有話要跟我說？」

他看著我，思索了一會兒，表情有一點凝重，「什麼話？」

我面對他的臉，這才知道，從現在開始，我們已經有了祕密，接下來的日子，我們的距離會越來越遙遠。

想到這裡，我只能洩氣地搖搖頭，他不說，我就再也不問。

「砰」一聲，我直接把門關上，聽到他在外面罵我粗魯，說我根本想要嚇死他。

如果知道接下來幾天我都見不到他一面，我那天真的應該把他嚇死，省得每天都在掛念他。

我真的很想他。

「樂晴姊！蛋焦了！」琪琪著急地跑到我旁邊，拿走我手上的鍋鏟，快速地把煎檯上燒焦的蛋移到一旁，抬起頭對客人猛道歉，「不好意思，請您再稍等一下，馬上幫您重做。」

我一臉歉意地看著琪琪。

為了不再扯早餐店大家的後腿，我只好回休息室，從包包裡拿出手機，想著究竟該不該打電話給孫大勇。還在考慮時，手指比腦子還快，我已經按了撥出鍵。響了很久，電話那頭才傳來一個女生的聲音。

您的電話將轉接到語音信箱，嘟聲後開始計費，如不留言請掛斷。

連續三通都是這個女人接的。

我掛掉電話，告訴自己，從今以後如果我再打給孫大勇，我就不姓林！

心情太過低落，我整理好東西，先離開早餐店。反正現在的我跟個廢人一樣，什麼忙都幫不上，回家只也是躺在床上，所以決定四處晃晃，轉換一下心情。我先到生活用品店，打算幫自己房間換個色系，採買好床單被套還有一些用品，經過附近的星巴克，打算放縱一下，來杯星冰樂。

可是，我卻在走進店門口的那一瞬間止步。

靠近角落的那一桌，坐的是孫大勇和黃子芸，坐在他們對面的，還有一個年紀較大的男人，三個人聊得非常開心。當孫大勇和黃子芸相視而笑時，我發現我的心有點痛，好吧！不只是有點，而是很痛。

我深呼吸，閉上眼睛，轉頭離開。

攔了計程車往依依的公司去，我現在非常需要有一個人聽我說話。當我大包小包出現在祕書室，還一臉快哭的樣子，正和同事討論事情的依依嚇到下巴都要掉了。

她跑過來，先分擔了我手上的重量，然後把我帶到她的位置上坐好，幫我倒了一杯茶，再拉來另一張椅子坐在我面前，擔心地問我，「發生什麼事了？孫大勇還是沒撥電話給妳嗎？」

我點了點頭，把我剛剛看到的告訴依依。

依依拉著我的手說：「妳先不要覺得難過，跟共同朋友碰面是很正常的事，那並不代表什麼啊！可能在聊重要的事，所以才沒有接妳電話，搞不好他等等就回電了。很多事，還是要等大勇親口跟妳說才算數啊！」

「其實，也沒有什麼好說的。」一切都那麼明顯，從他和黃子芸重逢到現在，除了那個晚上來過家裡，後來就都沒有再出現了，甚至連一通電話都沒打來。認識他十年，從來沒有發生過這種事，他連在大便時無聊都會打電話給我，現在卻整整一個星期沒有半通電話。

除了見色忘友，沒有什麼好解釋的。

依依摸著我的臉，知道所有事情的她也不知道該說什麼，「妳要不要去洗洗臉？這樣精神會好一點，等等我們一起回家。」

我點了點頭。

當我再次從洗手間出來，走回依依的辦公室時，學長竟然也來了，還興奮地對依依說：「我看到整個嚇到，那女生真的很有氣質也很漂亮，勾著大勇的手一起走進飯店，沒想到大勇真的是惦惦呷三碗公……」

依依發現我走進來，狠狠捏了學長的大腿一下，他痛得跳了起來還哇哇叫，轉頭看到我在後面，開心地對我打招呼，跑來我旁邊告訴我，「樂晴！大勇有沒有跟妳說他交女朋友了？我剛才看到他和一個女生來我們飯店耶，因為距離有一點遠，來不及跟他打招呼……」

可憐的學長，還沒有講完，又被狠狠地捏了一下。

他一臉無辜，不知道為什麼依依要一直捏他。

我苦笑一聲，回答他，「他沒有告訴我，就算他真的交了女朋友也不一定要告訴我，我只是他的朋友。」

學長還想說些什麼，依依先開了口，「好了啦你！他交女朋友，你這麼興奮幹麼？還是你羨慕得不得了，也想要換？」

「我瘋了才換，我女朋友這麼好。」學長馬上回答。好樣的，能屈能伸。然後他繼續說：「等等我們去吃飯，我訂了妳喜歡的日本料理，樂晴一起來？」

我搖搖頭，不想當人家的電燈泡。

依依對學長說：「我今天要跟樂晴一起回家，下次再去吃。」

我知道依依很重義氣，她想陪我，但是我並不希望打亂她自己的生活。我走到依依的位置上，拿了包包，告訴依依，「妳和學長去約會啦！我好累，我先回家睡覺！」然後快速離開，不讓依依有說「不」的機會。

走出辦公大樓一會兒，才發現我忘了把剛剛買的東西一起帶走，只好打電話給依依，請她幫我帶回家。

「妳還好嗎？」依依擔心地說。

「嗯。」我說。

「妳趕快回家，不要在外面亂晃了，我吃完飯馬上回家，幫妳和立湘帶晚餐回去，妳就好好休息。」

「好。」

但掛掉電話後我還是四處亂晃，不想回家，只好自己一個人去喝杯咖啡，看著窗外發呆，自己一個人去逛書店，買了幾本食譜打算回家研究，自己一個人走在路上，看著從我身旁經過的每一個人，他們要去哪裡？去約會？還是回家吃飯？他們會想知道我要去哪裡嗎？

應該是不想。

走在回家的路上，有人拍了拍我的肩膀，我回過頭，竟然是黃子芸。她用美好的笑容看著我，對我打了招呼，我又看到她手指上哈囉凱蒂的指甲彩繪，我一點都不想對她說 hello。

在這個世界上，我最不想遇到的除了鬼，就是她了。

「好巧喔！居然會在這裡遇到，我可以叫妳樂晴嗎？」黃子芸說。

可以不要這麼有禮貌嗎？這樣我會沒辦法討厭她，只會更討厭自己。

我給了她一個很勉強的笑容，「嗯。」

「這兩天大勇常跟我說到妳，說妳對他很好。大勇的個性從以前就很像小孩，這段時間真的辛苦妳了，聽說妳的廚藝很好，可是我完全不會做飯，改天教我兩道大勇喜歡吃的菜好嗎？」她開心地拉著我的手。

我在心裡苦笑，現在是要開始辦交接了嗎？

真要交接十年來的一切，我可能要不眠不休寫上十八天，用掉八十本五百頁的筆記本才會夠。

我無法再繼續跟她說上一句話，「不好意思，我還有急事，得先走了。」

「是喔，好可惜，還想再多跟妳聊聊呢。我好久沒有見到大勇了，他對我有一點點生疏，我對他也有一點點陌生，畢竟分開了這麼久。但是，看到他手上還留著為我刺的刺青，我真的很感動，好希望我們可以快點回到以前的樣子。」從她的話語中，可以聽得出她對未來的期待。

我卻眼睛好痛，羨慕起她和大勇還有未來。

我心情酸澀得不知道該說什麼，黃子芸又繼續笑著對我說：「下次有機會一起吃飯？我覺得我們很有可能變成好朋友。」

拜託別鬧了！

聽到這句話，我嚇到馬上跟她道再見，跑步逃離現場。鬼月真的不要亂開玩笑，是想嚇死誰。跟黃子芸變成好朋友？我是笨我是蠢，但我沒有自虐傾向，跟喜歡的人的女朋友當好朋友？這只能成為繞口令，沒辦法成為事實。

沒想到跑得太急，結果腳步一個沒有踏穩，我整個人在人行道上跌倒加滑行三十公分，也就是俗稱的「犁田」。

我太痛了，趴在地上整整三分鐘起不來，旁邊經過的行人走過來好心地想扶起我，可是我根本不想起來，因為實在太丟臉。但聽見有人說：「還是要叫救護車？」我馬上忍住痛，自己爬起來。大家關心地問著我的傷勢，我只能低著頭不停說「謝謝」跟「沒關係」，一跛一跛地離開現場。

走到安全距離後，我找了個座椅坐下，看著因為穿短褲而跌破的膝蓋不停滲出血來，看著因為穿著短袖而摔破的兩邊手肘擦破了好大的一片皮，血沾在白色的襯衫上。我打算從包包裡拿出衛生紙止血，包包裡的手機正好用力地震動起來。

我拿了出來，螢幕顯示是孫大勇。

看著手機愣了好一會兒，深呼吸一口氣後，我把手機丟回包包，然後把衛生紙拿出來，低頭擦掉手肘上的血漬，再抽出另一張壓著受傷的膝蓋，而包包裡的手機仍然繼續在振動。

眼淚沒有預警地滾了下來，一滴接著一滴，滴在膝蓋上的衛生紙上頭，衛生紙有我的血，也沾了我的淚，滴到我的衣服，和沙、灰塵混在一起。孫大勇的來電一直震動著，而我的眼淚也一直流著。

經過的路人，朝狼狽的我和我的眼淚指指點點。

但我想告訴他們，我不是怕痛才哭的，也是不是覺得丟臉才哭的，而是孫大勇的電話已經來得太晚了。

因為，摔倒在人行道上的那三分鐘裡，我已經決定放棄孫大勇了。

貪圖一個不屬於自己的人，才會傷心。

第九章——

我不要喜歡你了

不幸中的大幸。

我總是能夠活在不幸中的大幸。

幸好我回到家時沒有人半個人在，我趕緊回自己房間，先好好梳洗一番，把傷口洗乾淨後上藥包紮，我實在是沒有心力再去對誰解釋自己受傷的原因。

一整天的刺激下來，我的體力已經不堪負荷。

躺上床不到三分鐘，剛想起孫大勇，就馬上累到睡著了，而且睡得非常好，一覺到天亮。隔天起床，已經早上九點半了。我緩緩起身，膝蓋的刺痛讓我忍不住喊了聲媽，刷牙時，一碰到手肘，就痛得我喊爸爸。

看著鏡子裡凌亂的髮絲、無神的雙眼，眼袋幾乎要掉到胸部，開始懷疑，林樂晴真的是這副模樣嗎？我最近到底讓自己過了什麼生活？

絕對不能繼續這樣下去，真的不能繼續這樣喜歡孫大勇。

我換了件長裙，好遮住膝蓋的傷口。穿了件T恤，再套上一件薄外套，好掩飾手肘的大破皮。整理好，我走出房門，立湘正坐在客廳看電視，聽到我的腳步聲，她轉過頭對我報告，「明怡和依依已經去上班了。」

我點點頭，到廚房倒了杯水喝。

「對了，大勇昨天晚上來找過妳，但妳已經睡了，依依說不可以叫妳，就把大勇趕回去了。」立湘繼續說。

聽見大勇兩個字，我被水嗆到，咳了幾聲。

出門的那一瞬間，立湘在客廳喊著，「妳穿那麼多不熱啊？」

我擦去人中微微冒出的汗水，熱慘了好嗎？

可是我寧願熱，也不要大家為我擔心。

到早餐店，店內客人並不是太多，我找琪琪進休息室，把員工的薪資和店內專用存款簿交給她，「從明天開始，我可能不會每天來早餐店，店裡各項事務妳都熟，目前就先都交給妳，有問題再打電話問我。」

「樂晴姊，妳要去哪裡嗎？」琪琪對於我太過突然的決定感到好奇。

我笑了笑，「沒有要去哪裡，我只是很想休息一下，而且店裡有妳在，我很放心。如果太忙，需要再找一個工讀生的話，妳再告訴我。」

琪琪懂事地點點頭，「那，樂晴姊，妳不要休息太久，我會想妳。」

「好。」我答應琪琪。

因為我也會想妳們。但我現在這種狀況，再繼續在早餐店裡只是幫倒忙，客人要不是被我的恍神氣到走光光，就是店裡的安全會因為我的疏忽告急。為了讓大家都能混口飯吃，我還是先離開一陣子會比較好。

一些需要注意的相關事項，我列在便條紙上，並註明應對方式，貼在休息室的留言板上，然後我就拿了包包走出來。一抬頭，就看到孫大勇和黃子芸從門口進來。黃子芸非常熱情地對著我揮手，「嗨，樂晴！又見面了，我跟大勇在附近辦事情，想說過來吃早餐。」

是啊！真的是陰魂不散，多美好的鬼月。

我勉強地扯動嘴角兩下，「早安。」

孫大勇坐到老位置吧檯前，黃子芸也跟著坐在他旁邊，他看向我，我也看了他一眼後，走到琪琪旁邊，再跟她做最後的一些事務交接，接著我轉過頭去，黃子芸的頭正靠在大勇旁邊，開心地看他打電動。

多美好的景象，跟我這個老是拔他電源線或是關他手機的瘋女人完全不一樣。

打算趁他們一起沉迷遊戲時偷偷離開早餐店，結果我一踏出門口，就傳來孫大勇在店裡大喊我名字的聲音，「林樂晴！」

我站在店門口，深呼吸後才回頭。孫大勇跑出來站到我面前，我都忘了我們上一次這麼靠近是什麼時候，他問我，「妳要去哪？」

「買東西。」我胡亂扯著。

「妳昨天不是撥過電話找我嗎？」他繼續說。

「不小心按到了。」我冷淡地回應，話尾永遠是句點，昨天在人行道上摔跤時做的慘痛決定，我沒有忘記。

我和自己說好的，要放棄大勇。

但他不放棄地繼續問：「不小心按到三次？」

「對。」我認真點了點頭。

實在不想繼續這種無聊的循環，我露出不耐煩的表情對他說：「你等了那麼久的黃子芸在裡面等你，你還要浪費時間在這裡跟我抬槓嗎？」

他看著我，一直看著我，什麼都沒有說。

我在心裡重重嘆一口氣，轉身準備離開。腳才踏出一步，他就抓住我的手，不，是手肘。我痛得叫了一聲，「啊！」

孫大勇嚇得馬上放開，下一秒就在街上當眾脫我的外套，我氣到忘了手的傷口有多痛，開始猛打他，「你在幹麼啊？你瘋了嗎？」

他是瘋了，完全不管路人在看，也不顧早餐店裡正看著這一幕的黃子芸，硬是把我的外套脫掉。看見我兩隻手肘擦破的傷痕，他開口大罵，「妳白痴啊！傷口那麼大還穿什麼外套，妳怎麼走路的？摔成這樣？妳眼睛沒帶出門嗎？妳是太專心看金秀賢的海報才給摔的嗎？」

我怒氣沖沖地從他手上搶過我的外套，忍不住對他吼，「我怎麼摔的干你什麼事？你可以不要管我嗎？你又不是我的誰！你管好你女朋友就好了！」

第一次對大勇說了狠話。他露出受傷的表情，我一轉身時，眼淚就流了下來，接著迅速離開現場，跑回家躲在棉被裡大哭一場。

我不是故意要對他這麼凶的，只是，從黃子芸回來的那一刻，我們之間就再也不回去原來那樣了。和他保持距離，是為了控制我對他的感情，他也要和我保持距離，為了他失而復得的初戀。

從現在開始，我和大勇要做的，就是保持彼此之間的距離。

哭完，我坐在床上發呆。立湘敲了敲我的門，打開走進來，把她手上的手機遞給我，「依依找妳。」她說。

我接過來，立湘也默默地離開我房間。電話那頭是依依慌張的詢問，「妳沒事吧？剛才琪琪打電話給我，說妳在早餐店門口和孫大勇吵了一架，她很擔心，一直撥妳手機都轉語音信箱，我只好打給立湘。」

「沒事。」我把事情的經過稍微和依依說了一下。

依依聽了，在電話那頭嘆了超大一口氣，「妳辛苦了，真的，再這樣下去真的不行，我告訴妳，我馬上叫康尚昱幫妳物色對象，妳好好等著，我一定叫他介紹一個比大勇更好的男人。」

但現在，世界上的男人之中，我只覺得大勇最好。

「算了啦，我沒有那個力氣和心情去相親。」喜歡一個人累得要死，談戀愛也累得要死，分手也累得要死，還是單身好，我還想多活幾年。

「不然晚上我們去吃妳喜歡的那間麻辣鍋，好好大吃一頓，把所有不好的事情全部忘掉。」依依熱情地提議。

我哪裡都不想去，現在只有我的房間最安全，「你們去吃就好了，我不想出去。」我說。

「不行，就這麼說定了，妳一直待在家裡會悶壞的。出來走走，我們大家一起吃飯。我約明怡和官敬磊，我會叫康尚昱過去接妳和立湘，我公司離那裡很近，我走過去就好。」依依不容許我拒絕，還叫學長來押我過去。

我只好順了她的意。

晚上，學長來接我和立湘，我一上車，他問我的第一個問題就是，「妳見過大勇女朋友了沒有？」

我說了「沒有」之後，就開始裝睡。

就算學長和依依在一起那麼久，依依也不會隨便把姊妹的事告訴他，所以他才會這麼不會看眼色，不停問我有關黃子芸的事。

我喜歡大勇的事，目前只有依依知道，我感謝她如此守口如瓶。

到了麻辣火鍋店，依依和明怡還有官敬磊已經坐在位置上等我們了。依依開心地對我招手，把我拉到她旁邊坐，笑著對我說：「妳喜歡的雪花牛和丸子拼盤都點好了。」

我給了她一個微笑，我還有關心我的姊妹，孫大勇算什麼，去跟他的黃子芸恩愛一輩子吧！

於是我努力調整好心情，回到往常的林樂晴，和大家開始聊天說笑。但不會看眼色的何止尚昱學長，我覺得全天下的男人都需要看眼科。在我聽到依依說了冷笑話後開心大笑時，官敬磊問了我老話一句，「妳家大勇怎麼沒來？」

我愣了一下，再用老話一句回答他，「他不是我家的，我姓林，他姓孫，我住士林，他住土城。」

學長也幫我說話了，「大勇現在是別人家的，他交女朋友了。」

學長一說完，我看到依依在桌下的手狠狠掐了學長的大腿，學長忍住疼痛的表情真是令人心疼。

他馬上轉頭，用氣音問依依，「大勇交女朋友的事不可以說嗎？」

「有什麼好說的，再說大勇自己又還沒有承認，你幹麼幫他發言？你這麼想當發言人喔？」依依生氣地用氣音回應學長。

氣音能讓大家都聽到，可見他們兩個肺活量有多好。

一聽見孫大勇交女朋友，大家馬上露出被鬼嚇到的表情，明怡再一次跟學長確認，「真的嗎？」官敬磊也意外到說不出話來。

立湘則是在一旁猛說：「這怎麼可能？」

但我就說了，最不可能的事，永遠都會發生在我身上。

這時，孫大勇居然和黃子芸從前方的樓梯走了上來。兩個人的身影緩緩映入我的眼簾，我看著服務生過去招呼他們，而眼尖的學長一看到是大勇，馬上起身喊了大勇的名字，他和黃子芸同時轉過頭來。頓時，我欲哭無淚。

依依馬上在我耳旁說：「樂晴，我真的對不起妳，都是我的餿主意，還有一個這麼白目的男朋友。」

我給了依依一個安慰的微笑，「不是妳的錯，也不是學長的錯，是我倒楣。」

孫大勇和黃子芸走了過來，我低著頭繼續吃東西，卻還是能感受到他落在我身上的視線。

學長招呼孫大勇和黃子芸跟我們同桌一起吃，於是他們就坐在我對面，黃子芸一樣熱情地對我打了招呼，「嗨，樂晴！」

我用盡力氣給了她一個微笑。

「樂晴，妳們認識？」學長滿臉疑問。

我還來不及開口，黃子芸就先幫我回答了，「是啊！多虧樂晴，我才能和大勇再見到面。」

立湘和明怡的眼神同時落在我身上，若有所思。

我承受著很多人的眼光，包括孫大勇。

再有人問我問題的話，我真的覺得我會馬上翻桌然後踩爛所有青菜，把全部的丸子和肉類全部捏爛，再拿鴨血和豆腐猛砸經過的路人，雖然對路人很抱歉，但請原諒我的情緒到達臨界點。

孫大勇向經過的服務人員要菜單，把話題轉移到川味涼粉上頭。我鬆了一口氣，開始感謝上帝。

學長和官敬磊非常熱情地跟孫大勇還有黃子芸聊天，從他們高中相戀的事，聊到他們現在相遇的事。黃子芸說，當初會失去聯絡，是因為爸媽離婚，她跟了媽媽，後來媽媽帶著她改嫁到美國去，還改姓周，所以大勇才會一直找不到她。

這次她回台灣，主要是聽說爸爸不在加拿大，已經回來台灣，想要找爸爸，而在台灣唯一能想起的人只有大勇，所以請大勇幫忙，兩個人才因此再見面。

多浪漫的愛情故事。

這段過程聽得大家如痴如醉，除了我和依依，而明怡和立湘的表情也十分淡定。

菜上了之後，孫大勇吃飯吃到一半，聽到手機傳來通知的聲音，我猜又是什麼魔力回滿的通知。果不其然，他馬上放下筷子，拿起手機玩神魔之塔。我下意識又想唸他的時候，舌頭馬上緊急剎車，把雞婆的念頭吞回肚子裡，繼續吃我的飯。

學長在一旁打小報告，「樂晴，為什麼今天大勇打電動妳沒有罵他？妳今天為什麼特別放縱他？」

我抬起頭，和孫大勇四目相對，三秒後，我快速移開視線，假笑對學長說：「他要打就打，又不干我的事。」

全場一陣靜默。

因為我的反應和過去不同，因為我的態度和過去不同，因為現在的我和過去完全不同，大家都不能適應，除了黃子芸，她忍不住問：「大勇想打電動要經過樂晴的同意嗎？」

學長笑著說：「何止打電動，有時候連呼吸都要，大勇只聽樂晴的話。」

黃子芸的臉色起了一點變化，同是女人，我明白她在想什麼，馬上開口解釋，「學長在開玩笑，妳不要介意。」

為了學長的舉動，依依已經在我耳邊道歉了無數次。但我一點都不想責怪誰，我覺得學長很可愛，要不是他努力炒氣氛，這桌的冷空氣差不多會低到零下三十六度，這裡沒有任何一個人有錯，只是，現在的我們無法再用之前的模式相處罷了。

我選擇尿遁來逃離這種奇怪的氣氛，從二樓走到一樓的洗手間，坐在馬桶蓋上重重嘆了口氣，從剛剛就一直緊縮的心才得到一點點解脫。

我待在洗手間裡，不想回去，等待時間過去。待了好一陣子我才緩緩走出洗手間，結果一走出來，就在洗手間門口被站得直挺挺的人嚇了一大跳，差點尖叫。

我站穩，抬頭一看，才發現是孫大勇。

我沒有理他，想繼續往前走，他卻從後頭拉住我的手。我立刻掙脫，直覺看一下通往二樓的樓梯那裡有沒有人下樓。

「幹麼？」我很不客氣地問他。

孫大勇一臉無辜地問我，「我是做錯了什麼？妳為什麼變得那麼奇怪？」

是的，我考慮了我的心情，我顧慮到黃子芸的心情，但我忽略了大勇的心情，忽略了我的轉變大勇也會不習慣的心情。

我抬起頭看他，非常嚴肅地對他說：「我沒有變得奇怪，我跟以前一樣，是你不要再這樣老是跟我拉拉扯扯。沒有哪個女生會喜歡自己男朋友和別的女人太過親密。」

孫大勇居然很天真地回答我，「妳又不是別的女人！」

人客啊！你聽聽看，你聽聽看！我真的完全佩服他的感情腦迴路，也難怪他花了十幾年找初戀情人，這根本不是正常人會做的事、會說的話！

我嘆了口氣，看著大勇，「她好不容易回來了，你好好照顧她就好，你就不要理我，過好你自己的生活。」說完，我就直接走上二樓。

屁股才坐上椅子，黃子芸就對著我問：「樂晴，妳有沒有看到大勇？他看妳下去很久，怕妳可能哪裡不舒服，所以也下去找妳了。你們沒有遇到嗎？」

面對她坦蕩蕩的問題，我反而慌張地胡亂回答，「啊，有！他說他肚子痛去拉屎了。」

黃子芸羨慕地說：「真希望我也能夠快點和妳一樣，跟大勇相處得這麼自然。」

我不知道該說什麼，但坐在我一旁的依依突然暴走，對黃子芸說：「十年，如果妳可以像樂晴一樣待在大勇身邊十年，不搞失蹤的話。」

黃子芸看了我一眼，尷尬地閉上了嘴，全場再一次靜默。

我對於這樣的氣氛感到非常痛苦，於是在孫大勇回來之前，我就告訴大家我要先離開，二話不說拿了包包走人。依依也跑了出來，跟在我後面，然後快速走到我旁邊，邊走邊道歉，「樂晴，對不起，我實在是很受不了那個女人用一張天使臉孔盡說些蠢話，自己搞失蹤還在那裡講些有的沒有的，真的愛孫大勇早就聯絡了，只能說她好運，遇到一個孫大勇。」

我停下腳步，很認真對依依說：「我沒有怪妳，真的，妳那麼偏心向著我，可以忍到剛剛才爆發，我已經很佩服妳了。是我不想勉強我自己面對黃子芸和大勇，畢竟我真的沒有那麼大方。」

依依摟著我的肩，安慰我，「感情本來就沒有大方兩個字，妳不需要勉強自己，妳想怎麼做我都支持妳，只要妳開心，要我跟孫大勇絕交都可以。」

我笑了笑，她當然不會這麼做，也知道我更不可能這麼做。

接著，她從包包裡拿出手機撥給明怡，對她說：「走吧！第二攤。」

於是，我們四個姊妹的第二攤，在一間只有三桌客人的燒烤店一直持續到凌晨四點半，從真心話開始，以四十瓶啤酒結束，不，是以一人抱一座馬桶嘔吐結束。

工作可以失意、男人可以沒有，但酒和姊妹，絕對是任何一個女人的標準配備，就像車子一定要配上安全氣囊，穿比基尼一定要配上 nu bra——我是說我。

隔天醒來，四個人繼續躺在客廳的沙發上宿醉，幸好今天是假日，依依不用上班，而明怡也剛好輪休。客廳裡只有吊扇旋轉的聲音，還有大家喊餓的聲音，卻沒有人打算有所行動。

室內電話突然響了，立湘第一個衝去接。因為她昨天在喝醉之前，說要幫我過濾來電，盡量不要讓我接到大勇的電話。

「樂晴，是姑姑。」立湘撫著太陽穴，表情痛苦地對我說。

我緩緩爬到電話旁邊，接過電話，無力地回應，「怎麼了？」

「我是不是有大頭照的電子檔光碟在妳那裡？」大姑姑在話筒另一頭大吼，吼得我頭好痛。

「嗯。」好像有。

「我叫大勇過去拿了，你等等拿給他。」

我馬上從宿醉中清醒，超級清醒地質問大姑姑，「妳幹麼叫他來啊？」

「我為什麼不能叫他去，他要幫我辦證件啊，妳這孩子是又怎麼了？又跟大勇吵架了？妳可不可以改掉妳這種爛脾氣對大勇好一點啊妳？不要老是欺負他，妳都看不出來那是他在讓妳嗎？」大姑姑為他護航，只能再次證明我絕對是撿回來的，也不想想我現在是為了誰喝醉，為了誰宿醉。

都嘛是孫大勇！

此時傳來電鈴聲，她們三個很自動地拖著身體各自回房間，我煩躁地抓了抓頭髮，對著還在電話裡歌頌孫大勇的姑姑說：「大勇來了，妳要不要掛電話了？」

大姑姑秒掛。

我完全不在乎自己在大勇面前還需要什麼形象，穿著睡衣，頭髮亂得跟鬼一樣，也不管講話還有酒味就去開了門。他跟在我後面進來，我轉頭對他說：「你等一下，我去拿照片。」然後走進房間。

結果他也跟著我走進來，但我完全沒發現。

在梳妝檯抽屜裡找到大姑姑的光碟，一抬頭看到鏡子裡除了我還有他，我嚇得腳絆到椅子，整個人跌在地上。孫大勇衝過來，緊張地說：「妳有沒有怎樣？」

我用力打他，「不是叫你在外面等一下，你進來幹麼？想要嚇死誰？」

聞到我散發出來的氣味，他馬上露出厭惡的表情，「妳昨天是喝了多少酒？臭死了，也不去刷牙洗臉，髒死了！」

「臭死你、臭死你！」還敢對我露出這種表情，都是誰害的？都是誰害的？我故意一直往他臉上吹氣，把他當酒測器。他邊閃邊嫌臭，看他越躲我心情就越好，結果他突然停住，我煞車不及，嘴唇碰上了他的唇。

不是上次嘴唇刷過臉頰那樣簡單，是嘴唇碰嘴唇。

我嚇得往後彈了好大一步，他看著我，我也看著他，兩個人不知所措。我把手上的光碟片丟給他，快速地離開房間衝到浴室，從鏡子裡看見臉紅的自己，覺得好羞愧。打開水龍頭接了水想往臉上潑時，我又停住了，水就這樣從我的手指縫隙間流光。

即使唇碰唇的時間只有兩秒，我還是捨不得將他的餘溫洗掉。

我坐在馬桶蓋上，因為覺得自己很沒用而默默流下眼淚。怎麼辦？好喜歡孫大勇，我該怎麼辦？

過了一陣子，孫大勇敲了浴室的門，在門外說：「妳窗戶的鎖我修好了，還加了氣密條，下雨應該不會再潑進來了。」

的。

「喔。」我小聲地回，怕哭泣的聲音會露餡。

「妳受傷的地方有沒有再擦藥？昨天還敢去吃麻辣鍋，還喝那麼多酒，可以不要這樣糟蹋自己的身體嗎？妳是以為妳自己身體很好嗎？」他越說越生氣，最後幾乎是用吼的。

我沒有回答，聽著他的關心，我已經在廁所哭到不行。

「明天晚上的同學會，我來接妳一起過去。」他說。

我趕緊擦掉眼淚，清了清喉嚨，盡力用最正常的聲音說：「不要，我自己去。」

說完，氣氛又變得緊張，過了好一會，孫大勇才在門外，用非常無奈的聲音說：「好吧！」

於是，我在廁所裡面，孫大勇在廁所外面，一道門隔開了我們的世界。

他走了之後，我才從廁所裡出來，依依和明怡已經在門外等我了。當我一開門，她們站在外面，也十分不知所措的樣子，我只能無奈地腫著雙眼朝她們苦笑，然後盡情地擁抱她們。

隔天，我有了不去同學會的念頭。和孫大勇碰面的機會越少，對我們越有幫助。於是我打給主辦人李名捷，告訴他這次我要缺席。

「妳怎麼可以不來？位置都訂好了。」他說。

「我剛好有事。」我說。

「有什麼事？」他突然這麼問，我愣住了，聽到別人有事，一般人不是就會說「是喔！那也沒有辦法」這樣嗎？

我還在想要怎麼說，李名捷馬上接話，「我打電話給孫大勇，叫他押妳過來好了，妳怎麼可以不來？」

聽到「孫大勇」三個字，我立刻投降，「不用了，我會晚一點到。」然後無奈地掛掉電話。

七點開始的聚會，我拖到七點才隨便換了衣服。

立湘看著我的樣子，一臉狐疑地問：「妳確定妳要穿這樣出去？」

我看看我自己，好吧！衣服穿反了，裙子沒有扣好，連包包都拿成便當袋，真不知道自己可以失神到這種地步。回房間默默把衣服穿好，才準備出門。

立湘還拿了把雨傘給我，「氣象預報說今天晚上會下雨。」我謝謝她的貼心。

坐在計程車上，李名捷不停地打電話來問：「妳到哪了？」

我只能回答，「快到了。」

站在約定好的店門口，待了十分鐘我才走進去。服務生帶我到包廂，一開門就聽見熱鬧又吵雜的聲音，李名捷看到我，興奮地吼著，「我們班上武功最高強的女打者來了！」

大家跟著起鬨，我尷尬地笑了笑，一眼就看到孫大勇還有他旁邊的黃子芸。我趕緊打算往另一桌坐去，結果李名捷馬上拉住我，把我拉到孫大勇旁邊的空位，「妳去哪？這裡才是妳的位置。」然後一把推我入座。

第一次覺得屁股下有十萬根針在刺。

坐在孫大勇另一邊的黃子芸馬上笑著對我打招呼，「哈囉，樂晴！想看看大勇的大學同學，所以我硬是跟他來了。」

我點點頭，給她一個微笑，對我來說，這已經不難了。

坐在一旁的大勇拿起衛生紙幫我擦碗筷，然後挾了兩塊握壽司到碗裡，再挾了一條炸蝦和炸野菜，「我自己來就可以了。」我對他說。

他看了我一眼，默默放下筷子。

突然一道討人厭的聲音出現，「孫大勇還是這麼照顧林樂晴啊！」

我抬頭一看，竟是因為當年園遊會時沒處理好麵包，後來在班上檢討會被我狠狠罵過一頓的徐安潔。從那次之後，她就視我如眼中釘，但我視她如空氣，從沒有見過她參加同學會，因為班上沒有人邀請她。

李名捷在一旁對我做出一個表情，表示他也不知道為什麼她會出現。坐在徐安潔旁邊的陳如意說：「樂晴，妳知道有多巧嗎？我前幾天去關島玩，跟安潔同一班飛機，告訴她同學會的事，今天我們約好一起來的。」

「嗯。」我微笑點了點頭，徐安潔來不來都跟我沒有關係。

但徐安潔今天似乎是衝著我來的，三句話裡總有兩句針對我，「大勇帶女朋友來，妳怎麼沒有帶男朋友？交不到男朋友？」

我喝了杯清酒，笑著說：「是啊！」不要以為這會攻擊到我，拜託去打聽一下我身旁都是些什麼狠角色，攻擊力還不到我大姑姑的萬分之一，可以再練練。

她又假笑著繼續說：「怎麼可能，想當初念書的時候妳不是還腳踏兩條船，傷了孫大勇的心，最後選擇王靖嗎？」

我其實不想解釋，因為除了徐安潔狀況外，班上其他同學都很清楚，知道這就是無聊的傳言。但我看到黃子芸的表情變的有點怪，我只好開口，「妳大小姐不用上課，爸爸講一聲就可以畢業的人，要講八卦可以求證一下嗎？那麼久的事不要拿出來說。」

一不小心就把她爸爸關說的事給透露出來，我看到其他同學轉過頭開始偷笑，包括陳如意也是。這大家都心知肚明，只是沒有人拿上檯面講而已。

想打擊我，結果自己受到打擊，她臉色鐵青又接著說：「聽說妳被王靖騙了幾十萬啊！還被丟在飯店？」

頓時包廂裡變得非常安靜，周杰倫來這裡開演唱會，唱了經典名曲〈安靜〉。

沒想到她居然會知道我和王靖的糾紛。我愣住，瞬間不知道該從哪裡反擊。

孫大勇馬上出聲，用非常冰冷的聲音對徐安潔說：「吃妳的飯，不要亂說話。」

她馬上朝大勇大聲地反駁，「我哪裡亂說了？我們家跟警局的人都很熟，看到跟我同校還同屆的同學出了這種丟臉的事，吃飯聊天時順道聊起我才知道的，我是擔心樂晴，不能關心她一下嗎？」

因為她家背景雄厚，跟警局熟不意外，聽聞這麼強而有力的證明，大家都用著憐憫的眼神看我，這種眼神比直接羞辱我更令我難受。

見我沒有反應，她又繼續冷嘲熱諷，「不說話，就是真的囉？妳怎麼會這麼慘啊？被不認識的人騙也就算了，還被自己愛過的男人騙？想說妳能夠腳踏兩條船，應該手段很高明，結果是我高估妳了。聽說王靖還劈腿，找了個比妳小五歲，又比妳還要漂亮的小三？妳真的是很可憐耶。」

她說的都是事實，我沒有什麼好說的，只是傷口被攤在三十幾個人面前，對我來說有點殘忍、有點痛、有點難以忍受而已。

一個好好的同學會，變成現在這種誰發言都難堪的氣氛，陳如意忍不住拉了拉徐安潔的衣服，示意她不要再說，但好不容易逮到能讓我出糗的機會，她怎麼可能這麼輕易罷休。

她挑釁地看著我，「需要我幫妳介紹嗎？不然，對妳忠心耿耿的孫大勇現在都變節愛別人了，看起來妳真的是留不住男人耶，我朋友湯尼不錯，家裡什麼沒有就是房子多，剛離第三次婚，四十五歲，有兩個兒子，對女朋友都非常大方，至少不會騙妳錢。如果妳願意，跟他睡幾個晚上，被王靖騙的錢馬上就回來了，不錯吧！」

她每說一句話，我就告訴自己：不能出手、不能生氣、不能出手、不能生氣……但是，不知不覺中，我已經拿起桌上的水杯直接潑她一臉水。徐安潔臉上的化妝品掉了一半，下次要記得提醒她用防水彩妝。

她滿身是水，生氣地跑到我面前，呼了我一巴掌。

大家都驚呼了一聲。

她如果想找我打架，那我也沒有什麼好跟她客氣的，一個伸手就抓了她的頭髮，也回敬她一巴掌。接下來，就是一場女人的戰爭。我壓在徐安潔身上胡亂地打，大家急著把我們分開，但是我戰力太強，靠近我們的都被波及，不是被抓傷就是被打傷。

後來是孫大勇一手把我給拎了起來，對！又是拎。我氣我自己身高太矮，這輩子都要被人用拎的。他一把將我給拉到他背後，徐安潔也馬上站起來，想走過來繼續跟我打架，「媽的，林樂晴，妳給我過來。」她對我大吼。

誰怕誰？但我每要跨出一步，就立刻被孫大勇拉到他背後，隔在我跟徐安潔中間。後來徐安潔居然惱怒地往孫大勇臉上打了一巴掌，我看著這一幕，馬上火大到不行，用力推開孫大勇，一把抓住徐安潔的領子對她說：「連我的孫大勇妳也敢打？」

然後，第二次大戰持續到徐安潔被我打得哭了出來，我才停手。

我站起身，李名捷和陳如意去把徐安潔扶起來。徐安潔邊嚎啕大哭邊指著我，「我要回去告訴我爸爸，我要去驗傷，我要告死妳。」然後拿起自己的包包，和混亂中被踩爛的名牌高跟鞋，可憐地走了出去。

她一離開，所有人的視線又都集中在我身上。大家在一旁竊竊私語，我對李名捷說：「把同學會搞成這樣我很抱歉，我先走了。」把大家的耳語丟在身後，開了包廂的門往外走，我沒比徐安潔好到哪裡去，我連鞋子都不見了。

我赤腳從包廂離開，坐在一般位置的客人對著我的狼狽模樣指指點點，誰也沒有想到，吃個飯還能看到一個女人洋裝裙子裂到大腿，小外套袖子被扯斷，衣服上面被潑到一堆飲料和油漬，頭髮凌亂像個瘋子，還打著赤腳。

不找記者來報導嗎？水果日報不拿我拿頭條嗎？數字週刊不拿我當封面嗎？

我嘆口氣，拉開餐廳的門走了出去，不到十秒，孫大勇在我後面喊了我的名字。我轉身，他從距離我兩公尺的地方朝我走過來。

「不要過來。」我對著他喊。

他停下腳步，但不到兩秒，他又想走過來。我還是說：「不要過來，拜託！不要過來。」

不可以越界，孫大勇和我，都不可以再越界了。

「妳這樣怎麼回去？我帶妳回家。」說完，他再次想移動腳步。

「你給我站住，不要過來。」我又說。

被徐安潔呼巴掌我沒有哭，被徐安潔咬到流血我沒有哭，被徐安潔羞辱我也沒有哭，承受大家難以理解的眼光我還是沒有哭。但當我一看到孫大勇的臉，我的眼淚就馬上聚在眼眶，只要眨一下眼，就會放縱地流下來，我拚命地要自己忍住。

孫大勇臉上寫滿了擔憂，臉色很差地說：「妳知不知道妳的腳在流血，妳的臉上也有傷，手臂也瘀青了。我現在帶妳去醫院擦藥。」

「我自己去。」我忍著眼淚說。

孫大勇十分受不了我，「拜託妳可以不要在這種時候跟我耍脾氣嗎？不想想看妳都傷成這樣了，回去是想嚇死依依她們嗎？妳再這樣，我要直接打電話給大姑姑囉！」

我看著他的臉，突然回想起以前，覺得自己一點長進都沒有，十年前在打架，十年後也還在打架。面對被我打了十年的孫大勇，我有感而發，「我問你喔！被我打的感覺如何？」

他呆愣了一下，「妳是被打傻了嗎？」

「快說啦！」我繼續問。

「很不爽啦！」他站在兩公尺外喊著。

我忍不住笑了笑，抬手擦掉了從眼角偷偷滑落的淚水，「那你記得跟班協定到什麼時候嗎？」

他一臉煩躁地回答，「妳現在問這個到底要幹麼，妳是剛剛有撞到頭嗎？」

「說啊！」

「還有七十三天。」他居然可以說出這麼準確的數字。

我看著他，一直看著他，想一輩子記住他的模樣。他也看著我，不停地看著我，搞不懂我到底想幹麼。

深呼吸之後，我繼續忍著眼淚，笑著對大勇說：「喂！孫大勇，你自由了。」

你自由之後，我也就能夠自由了。

第十章——

你還在

夏夜晚風吹過我的臉，穿越過我和孫大勇，很溫柔，卻也很感傷。

孫大勇對於我的舉動完全摸不著頭緒，他不耐煩地說：「林樂晴，妳很煩耶，到底是在講什麼啊？」

我看著他，開始解釋，「意思就是，以後我叫你修東西，你可以摔工具包，說老子不幹。以後我叫你去買東西，你可以摔門，說老子不去。以後我指使你做任何事，你都可以嗆我，說老子不願意。總之，就是以後你和我沒有任何瓜葛……」

現在，就要放掉不屬於我的孫大勇。

「意思是我可以罷工就對了？」他自己下了注解。

我怎麼能夠期待耳朵硬的孫大勇會突然間聽懂人話？我低下頭，嘆口氣，抬起頭想繼續說明時，他轉眼間已經來到我面前，脫掉他的外套綁在我的腰上，遮住我裂到幾乎要走光的洋裝裙襬，再把我外套裂開的袖子撕下來，綁在我小腿流血處的上方，脫掉他的休閒鞋，蹲了下去要幫我穿上。

我看著他一氣呵成的動作，眼淚再也忍不住地往下掉，滴到他正在幫我穿鞋的手上，滴到他的頭髮上。他發現我在哭，想抬起頭，被我哭著搶先開口阻止，「不要抬頭，拜託。」

他停頓了一下，繼續低著頭幫我穿鞋子。

我的眼淚流個不停，看著他的背，用力深呼吸，朝蹲在我面前的孫大勇說：「我喜歡你……」

說出口的同時，雨也滴了下來，雷公還很不客氣地打了兩聲雷，連告白都遇上雷劈，大姑姑說得對，我就是倒楣。

孫大勇被我的話嚇到，停下動作，手懸在我的腳踝邊。

我忍不住哭著苦笑，終究，我還是用了最不適合但是最有效的方式，來結束我和孫大勇的關係。

雨越下越大，我們兩個還是維持原來的姿勢，動也不動。

我哽咽著繼續對大勇說：「我不知道是什麼時候喜歡上你的，我自己也很驚訝，但是我知道你心裡只有黃子芸，你很愛她，一直在等她。如果你還把我當朋友，請你幫我一個忙，離我遠一點，遠到我可以不再喜歡你，遠到我可以忘記你……過去的十年，我真的很高興有你，很高興很高興……」

眼前看見黃子芸從餐廳走出來，撐著雨傘朝我們走過來。我對大勇說了最後一句話，「好好珍惜你等了那麼久的女人。」

然後，我用力轉身離開，淋著雨，把鞋留給孫大勇，赤腳踩在人行道上。

背後傳來黃子芸關心孫大勇的聲音，「天啊！大勇，你都淋濕了，一定會感冒，走吧！我們快回去換衣服。」

我流著淚，在心裡說：去吧！大勇，你該幸福的。

而我，習慣失去你之後，也會慢慢幸福的。

雨淋在我身上，帶著的雨傘還放在我包包裡，原來，明明有傘還要淋雨的感覺，比倒楣更令人難過。

只是，在我要慢慢接近我的幸福之前，重感冒要先好起來才可以。那天回到家，我又嚇到她們三個人了，隔天馬上一起去收驚。連續兩天半夜裡發燒，到急診室吊點滴，今天才好了一點。只是偶爾頭會暈，講話鼻音還很重，三不五時咳兩聲，但精神已經好很多了。

我自己到廚房熱了杯牛奶來喝。明怡和依依去上班，立湘也出門了，整個家裡只有我一個人。我坐在餐桌前發呆，工作時是每天都想休息，真的不用工作時，每天都不知道要幹麼。看到地板上的那台 Xbox，我想起了孫大勇，正確地說，其實我無時無刻都在想他。

雖然大家在我面前都絕口不提他，但是每次吃飯時，總會空著他的老位置，每次看電視時，總會空著他慣坐的沙發，不是只有我習慣孫大勇，我們都是。只是顧慮我的心情，她們也得陪著我適應。

我走到客廳把 Xbox 收好，準備找時間拿去還他。手機突然響了，我接起來，是琪琪來電，「樂晴姊，妳重感冒好多了沒？」

「好多了。」我說。

琪琪馬上發出驚恐的聲音，「哪裡好多了？鼻音也太重了，妳要找時間再去看醫生啦！」

「好啦！」我也不願意啊。

「對了，我在店內抽屜看到有信封裝著一疊紙鈔，那是要做什麼用的？」琪琪在電話那頭問。

我仔細想了一下，「啊，那是要還給孫大勇的，上次他不是幫我們代墊了款項嗎？」然後我問了一個問題，「大勇有沒有過去吃早餐？」話說完，我忍不住想殺死自己。

我內心的大聲公正在對我吼：干妳屁事，林樂晴！

「沒有耶，我也好幾天沒看到他了。」琪琪說。

有了黃子芸，早餐不用吃都飽了。腦子一出現這樣的想法，我又對自己重申了一次，干妳屁事，林樂晴！

壓抑內心莫名的失落，我告訴琪琪，「我等等過去拿，反正我剛好有東西要還給大勇。」一眼神看向那台收拾好的 Xbox，要這樣抹去所有孫大勇留下的痕跡，我感到有點悲傷。

和琪琪結束通話，我回房間換了衣服。一個星期沒有出門，我也覺得自己快要發霉了。提起那袋重得要死的電視遊樂器，再到早餐店拿了要還給大勇的錢，搭上捷運，往大勇家出發。

到了旅行社，我很放心地直接走進去，因為大勇基本上是不會留在辦公室的，如果公司沒事，他要不是在我的早餐店，就是在我家打電動，如果公司有事，他進來也不會待超過十分鐘。

八號超人阿財走過來跟我打招呼，大勇告訴過我，阿財會選八號，是因為他被同一個女朋友甩了八次，為了記取教訓，選了這個號碼。阿財親切地招呼，「樂晴小姐，妳要找大勇嗎？他這幾天出團，下午才會到台灣耶。」

我笑著回應阿財，「他不在沒關係，你可以幫我把這個……」

話說到一半，孫爸爸的聲音就在我身後響起，「是樂晴啊，妳好久沒有來我們家了，走走走，到樓上陪孫爸爸看新聞。那天客戶送了我一瓶很棒的烏龍茶葉，我泡給妳喝，孫大勇那個小王八蛋喝茶都要加糖，浪費我的茶。」

「不用」兩個字還卡在喉嚨，我已經被孫爸爸拎到二樓了。對，又是拎。

一進客廳，大花就跑過來在我腳邊猛打轉。我一手抱起牠，對牠說：「大花花，想姊姊嗎？姊姊改天買好吃的雞肉條給你吃好不好？」

轉眼間，孫爸爸已經設好茶具，姿勢專業地泡起茶來。因為淑鈴姊只喝美式咖啡不加糖，大勇喜歡喝含糖飲料，而我因為小時候常陪爸爸一起喝茶，所以很喜歡茶，當孫爸爸知道我喜歡喝茶，好像找到知音一樣，只要有新茶葉都會叫我過來陪他一起試。

我抱著大花坐到椅上子，問孫爸，「淑鈴姊上健身房啦？」

孫爸笑了笑，倒了杯茶放在我面前，「去做什麼熱瑜伽。搞不懂女人怎麼這麼多花樣，就拿個瑜伽墊到太陽底下去做不就好了。」

我也笑了，不明白男人怎麼會這麼不懂女人？

我拿起茶，啜了一小口，嗯，有點澀。

孫爸看著我，突然緊張地指著我手腕上的銀鐲子問：「這手鐲是我老婆給妳的嗎？」

我也緊張地點了點頭。

然後孫爸開始大笑，「這銀鐲子是我們孫家傳了五代的，只傳媳婦。」

我嚇了一跳，看了看手上的銀鐲，大喊，「不會吧！」

孫爸爸用他粗獷的食指和姆指捏起鐲子上那塊搖晃的小牌子，翻過來給我看，小心地說：「妳看，上面寫了個孫字。不過時間太久了，有些筆畫都被磨平了。」

我驚呼，「難怪我看起來像個好字，還以為什麼事都會變好。淑鈴姊只告訴我這是會帶來幸運的手鐲，讓我找個好男人而已。如果知道這是祖傳的，我根本不敢收。」

孫爸笑著問我，「那我家大勇不好嗎？雖然以一個男人的眼光來看他，是有一點點糟。要是我有女兒，她說想要嫁給大勇的話，我也要考慮一下。但是大勇很善良，他很願意付出。」

這個我比誰都清楚。

只是，我實在不懂，上次孫大勇也看到我戴了這個銀鐲，他明明知道這是家裡重要的紀念物，有那麼大的意義，他居然什麼也不說，之後黃子芸回來，也沒跟我要回手鐲。看我戴著家傳媳婦的信物在他正牌女友面前晃來晃去，很好玩嗎？

我心情酸澀地拆下手上的銀鐲，孫爸爸看著我的動作，著急地說：「樂晴，妳這是馬上給我們家大勇打槍嗎？」

我苦笑了一下，把銀鐲還給孫爸爸，對他解釋，「不是的，我知道大勇很好，但這個銀鐲有它真正的主人，不應該是我，真的很抱歉，這個銀鐲子先還給您，我還有事要先走了。」

把該還給大勇的東西都還了之後，我迅速離開孫家，鬱悶地走在路上，好想去一個沒有孫大勇和我共同記憶的地方。

基隆？不行，我們一起去過廟口。花蓮？不行，我們一起去過太魯閣。台中？不行，我們一起去過逢甲夜市。台南？不行，我們曾經一起古蹟小吃三日遊。高雄？不行，我們一起去看過五月天演唱會。

看樣子，只能出國了。

不行，我不敢搭飛機。

被困在孫大勇的魔咒裡，我只好回到家，再狠狠睡了一回。醒來時，已經晚上六點多，走出房門，依依剛好回到家，關心地問我，「妳身體好多了沒有？」

我點了點頭，今天可以開始開伙了，我問依依，「晚餐想吃什麼？我來煮。」

依依搖了搖頭，「妳感冒都還沒有完全好，我們出去吃好了，但妳要先陪我拿印章去給康尚昱，他今天加班，約了保險員要過去蓋合約。」

我點點頭。

和依依一起搭公車到學長工作的飯店。我剛畢業時，也在這裡的廚房實習過，後來決定要開早餐店就辭職了。

我們走了進去，依依走往櫃檯，我坐在大廳的椅子上看著人來人往。人來人往，有美國人、日本人、香港人、男人、女人、小孩……還有孫大勇從大廳附設的咖啡廳走了出來。

孫大勇！

我嚇一跳，趕緊從椅子上彈跳起來，跑到大廳的柱子後面躲起來，再慢慢地把頭伸出去瞄了一下，沒想到看見了他和黃子芸相擁的畫面。我馬上轉過身靠在柱子上，閉上眼大口呼吸，壓抑被刺激的內心，不停告訴自己他們是男女朋友，這都是正常，這都是應該的。

我開始安慰自己，至少大勇很幸福，那就夠了。

結果一睜開眼，依依的臉突然在我眼前出現，離我不到五公分。我差點大叫，趕緊忍住，小聲對她說：「妳幹麼走路不出聲音啊？」

「該問妳在想什麼想到出神好不好？」依依一臉無辜。

想孫大勇。

但我當然不可能這樣回答，趕緊問依依，「妳好了嗎？印章拿給學長了嗎？」

看她點了頭，我於是迅速拉著她離開飯店，再繼續和孫大勇待在同一個空間裡，我會窒息。

吃飯的時候，依依不停地聊著工作、同事還有學長，但我的腦子裡還是不停出現孫大勇和黃子芸相擁的畫面，又羨慕又心痛又安慰的心情，到底是該怎麼辦？

不知道依依講到哪裡了，我突然打斷她，「我好想離開這裡。」

依依看著我，她知道我在想什麼，先是嘆口氣，然後很認真對我說：「如果妳是為了大勇而想離開這裡，我不同意，因為妳沒有想到我，也沒有想到明怡，也沒有想到立湘。雖然妳失去大勇，但妳還有我們。但如果妳是為了自己，想去充電休息，或許妳可以去大姑姑那裡住一陣子，等心情好了，準備好要過新的生活，再回來。」

我點了點頭，被那一幕相擁畫面刺激到的我，接受了依依的建議，怎麼都要搭一次飛機。

吃完飯，我們就找了家附近的旅行社，用最快的速度辦了我人生第一本護照，買了後天下午飛新加坡的機票，依依還帶我到百貨公司買了一個漂亮的旅行箱送我。

回到家，為了慶祝我的第一次飛行，依依總算開了她珍藏的香檳。後來喝不夠，又跑到便利商店買一堆啤酒。隔天依依和明怡請假，四個人又躺在沙發上宿醉。

一躺又是一天。

晚上，明怡被官敬磊帶走，依依被學長帶走，立湘也被客戶帶走了，只有我一個人，面對滿室的漆黑。

突然室內電話響了，我剛好坐在沙發旁邊，一伸手就接起電話，依依的聲音著急地傳了過來，「下大雨了，妳快去關妳房間的窗戶。」

我從沙發上跳起來，「對！我的房間窗戶會滲水進來。」我馬上衝進房間，準備要拿抹布把窗戶邊緣塞住，看到孫大勇幫我換好的鎖以及加上的氣密條。

我呆呆地站在原地，不知不覺又流下眼淚。

直到我的手機傳來鈴聲，才把我喚回到沒有孫大勇的現實裡。我走向床邊，拿起手機，看見螢幕顯示是孫大勇，我嚇得把手機丟在床上。

鬼月已經過了好嗎？不要再這樣對我了。

但孫大勇還是不停撥打我的電話，我從床上把手機拿起來，直接關機。我知道只要我一接電話，一切都會回到原點，想念的心情忍了這麼久，我不能功虧一簣。

我快速地梳洗好，把自己埋在床與棉被之間，想著孫大勇，然後緩緩睡著。

隔天醒來，我做了比上次更豪華的早餐，畢竟我這次去，沒有三個月半年我是不會回來的。立湘會代我管理早餐店，家裡有明怡和依依幫我看著，我很放心。

而且我非常堅持要自己一個人去機場。

原本她們還想請假陪我，我都勸她們打消這個念頭，於是大家回到常軌，各自做自己該做的事。

立湘送我到樓下，計程車已經在等了，我對她揮了揮手，看著她捨不得的表情，我有一點想哭，怕被她發現，趕緊關上車窗，請司機快開車。

一路上，明怡和依依輪流打電話給我，確認我有沒有把東西帶齊，我至少說了八萬次「不要擔心」。

到了機場，我先去買保險，天生倒楣的人，這種錢絕對不能省。接下來帶著有點緊張的心情入關搭機。當我安全降落在樟宜機場時，我立刻發誓，我這輩子都不會再搭飛機，不能回台灣就算了，我直接在新加坡找個人結婚，在這裡賣海南雞飯，這輩子餘生就在這裡度過。

起飛和降落時，飛機晃到我都哭了。

坐在我旁邊來自新加坡的一位伯伯，以為我回到家太感動，還開心地抱了我一下，用奇怪的腔調說「不咬哭」的時候，我更想哭了。

拿到行李，已經是新加坡時間晚上七點半了，我沒忘記跟家裡的姊妹們報平安。打電話給依依時，知道我平安抵達，還拿到行李箱，她告訴我她要去還願，我真的覺得她很誇張，怎麼會那麼不相信我的智慧？

正要掛掉電話，她突然又叫我等一下。

「怎麼了？」

她停頓了一會兒，然後說：「沒事沒事，記得幫我跟大姑姑打個招呼。」

這句話從剛剛電話接通到現在，短短兩分鐘內她已經講了四次，跟我說話是有這麼詞窮嗎？講過的還一直重複。

「妳到底要講幾次？妳是失憶症嗎？」

她笑了笑，「我就擔心妳啊！」

「我沒事，我很好，我現在要搭地鐵去大姑姑家了。」

於是我們又進行了一次道別，在我要掛電話時，她又來了！又來了又來了又來了又來了又來了又來了！

我生氣地對她說：「妳是不是有話要說，快點說。」依依不是這種囉嗦的人，肯定是有什麼事要告訴我。

她嘆口氣，「好啦！妳出發去機場沒多久，大勇就打電話給我，問妳在哪裡。我說妳出國了，但我沒有說妳去哪裡，只說短時間不會回來，他就掛電話了。」

聽著依依說的每一句話，我更覺得自己離開台灣是對的，這樣才能夠乾淨地結束。

我打起精神，開始尋找進市區的地鐵路線，為了向大姑姑證明我自己辦得到，所以我並沒有預先通知我要來，反正她三不五時叫我來這裡陪她，我正好利用這次好好嚇一嚇她。

好不容易搭上地鐵，坐了一個小時，才抵達大姑姑家附近的地鐵站。我拖著行李，努力找著路標和指示牌，晚上的光線差，我看得好吃力，走了兩條馬路，過了四個路口，對照著一個又一個地址，總算找到大姑姑家。按下電鈴那一刻，我好像被上帝救贖，內心充滿奇異恩典。我雙手合十，準備對著前來開門的大姑姑或大姑丈俏皮地大喊一聲，「Surprise！」

但當時間一秒一秒過去，我感覺到有點不妙。

奇異恩典已經被我鎖在內心最最最角落的書桌左邊最下層抽屜裡，此刻我在心裡翻閱的東西叫三字經。

我馬上撥打大姑姑的電話，但她電話沒有接，打給大姑丈，他也沒有開機。再打家裡電話，響了，我站在外面聽到了，但沒有人接。

我無力地坐在大門前的階梯上，享受自己給自己的 surprise。

整整坐了半個小時，手機依然沒有動靜，我只好又拖著行李離開，像個遊民在街上到處晃，晃到我在路邊吃完三串沙嗲烤肉和還有一碗肉骨茶，手機螢幕才跑出大姑姑的來電顯示。

我光速接起，直接問大姑姑，「你們去哪了？為什麼都不在家？我一直按門鈴……」

「等等，妳一直按門鈴？妳在新加坡？」大姑姑驚訝地說。

「對啊！妳不是經常叫我來陪妳，我真的來陪妳啦！開心嗎？我要住很久喔！哈哈哈哈哈哈哈。」我非常興奮地說。

大姑姑倒抽一口氣，用前所未有讓人反胃的討好聲音說：「樂晴啊，我的好姪女啊！姑姑現在不在新加坡耶。」

大姑姑一講完，我的行李箱跟我一起跌入天王星和海王星中間第三千五百七十七號的蟲洞，那裡收訊不好，大姑姑的聲音變得好模糊好模糊……

我就說嘛，上帝什麼時候有空救贖我了。

「妳到底在哪裡？」我冷冷地問。

「我啊，我在澳洲啦！妳都不知道大勇幫我們找了多便宜的機票，還幫我們找來當地會說中文的導遊，我們明天要去大堡礁……」大姑姑的話，讓我對孫大勇馬上由愛生恨。

馬、上！

我仍然冷冷地繼續問：「所以妳到底什麼時候回來？」

「可能要再十天。」她緩緩地回我。

「十天！」我已經崩潰，忘了她是我的長輩，瘋狂砲轟大姑姑，「大堡礁是有什麼可以玩到十天？妳回台灣我每天孝敬妳十串香蕉。我現在在新加坡耶！自己一個人耶！無依無靠耶！連飯店都沒有訂耶！我想來投靠妳，妳卻告訴我，妳還要十天才會回來！我是妳唯一的姪女耶！」

大姑姑的語氣十分慌張，「妳要來新加坡也不先跟我說一聲，還敢怪我。妳快點打電話給大勇，讓他幫妳找飯店。」

「不要！」我生氣地說。

就是不想看到他，不想跟他有任何牽扯，我才會克服我搭飛機的恐懼來新加坡的。現在還要我打電話給他，那我在台灣直接去找他，繼續跟他糾纏不清，繼續破壞他和黃子芸的感情不就好了。

大姑姑覺得我在亂發脾氣，也火大了起來，「林樂晴！妳現在是在跟我盧什麼？不管妳了，長那麼大了，自己隨便去找間飯店住，等我回新加坡！」

然後，我就被世界上唯一和我有血緣關係的親人掛斷了電話。

那一瞬間，我好像從第三千五百七十七號蟲洞掉到第三千五百七十八號蟲洞，現實轉得我的頭好暈。我緩緩蹲在路邊，看著沒有星星的天空，不知道該何去何從。

只期待我晚上睡覺夢到爸媽，這狀我一定要告。

但前提是我要能找到飯店，有一張床讓我睡。我只好起身拖著我的行李箱，邊走邊拿手機查附近有沒有飯店，但這一帶是住宅區，根本連一家小旅館都沒有。走著走著，經過便利商店，打算進去幫自己買瓶水。要結帳時，真正的危機狠狠從天空掉了下來。

我裝著護照還有新加坡幣的夾鍊袋不見了。

不知道是不是我掉進蟲洞時，它們飛到了都敏俊或千頌伊的家，我站在結帳櫃檯不斷翻找我的背包，完全找不到。我不用喝飲料了，我光口水都吞不完了，我看著店員，好想哭，但他看著我一直笑。

我走出便利商店，坐在一旁的花圃上，一直告訴我自己，「妳的護照真的掉了耶，妳的錢真的不見了耶。」因為我完全不敢相信這麼倒楣的事會發生在我身上。

不對，就是倒楣的事才會發生在我身上。

於是我慢慢回過神，仔細回想我最後一次拿那個夾鍊袋是什麼時候。五秒後，我站起身對空氣大叫，「是肉骨茶！」馬上拉著行李箱往回跑，就算再喘我也不能停下來，如果我的護照可以安全回到我身邊，我明天一定要馬上回台灣。

新加坡跟我八字不合，我們只談了一天的戀愛就要宣告分手。

但當我跑回到賣肉骨茶的店家，他們已經打烊了。拿在手上的手機逼逼響了兩聲，提醒我已經晚上十一點，還有它只剩下百分之十的電力。

我趕緊打電話給大姑姑，希望她能看在我衰成這樣的分上，快點回新加坡救我。打到第五通她才接起來，火大地對我吼著，「妳這孩子，我洗個澡，妳是有多急啊！」

「我的護照和錢都不見了。」我緩緩地說。

大姑姑原本怒氣正盛，一把火馬上滅光光，大吼，「怎麼會不見？妳真的是……怎麼會那麼笨啊？連這麼重要的東西也不留意！妳是幾歲？」吼了一連串的話，她才說出解決辦法，「我傳個號碼給妳，妳撥這支號碼找一位小容阿姨，我會交代她先收留妳。」才說完，我的手機電力就耗盡了，直接關機。

看著全黑的手機螢幕，我的崩潰到達極限，站在肉骨茶店門前苦笑，笑到最後，眼淚就掉了出來。既然眼淚都掉出來了，那我也不用客氣乾脆大哭一場。

邊哭邊拉著行李走回大姑姑家，眼淚都流乾了，一屁股坐在大門前的階梯上，準備放棄世界。事到如今，我就在這裡坐十天吧！十天後，如果我還能活著，就算我命大，如果不行，那我也認了。人生沒有什麼好遺憾的，反正我身邊重要的人都有了很好的歸宿，大姑姑、依依、明怡，還有孫大勇⋯⋯

啊，立湘還孤家寡人，那我只好在天上和爸媽一起保祐她。

我坐在階梯上，頭靠著自己的膝蓋，開始回憶自己的人生。短短的三十年，我也做了很多自己想做的事，也一直在做自己喜歡的事，跟自己喜歡的人一起生活，唯一的遺憾，大概就是對孫大勇太凶吧！

早知道會這樣失去他，相處的日子裡我應該少打他兩下的，偶爾放縱他玩一整天的電動也沒有關係，如果我還能活著看到他，我會對他說聲 sorry。

然後，有一雙穿著球鞋的腳緩緩向我靠近，走到距離我三大步前停下。我嚇了一跳，整個人愣住。這個人是誰？應該不是壞人吧？新加坡不是治安最好的國家嗎？還是說，這個不是人？

我開始全身發抖，緩緩抬起靠在膝蓋上的頭，害怕自己的人生將在今天晚上宣告結束，明天台灣新聞會出現跑馬燈，「女子情傷出國旅行，命喪新加坡。」

當我發著抖，直到視線對焦完成，看見孫大勇的臉映入我的眼簾時，我不敢相信地緩緩站起身，想看得更清楚，想證明我的眼睛沒有問題。我無法接受自己在這個時候居然還出現這種幻覺，我應該是瘋了吧？這個時間，他怎麼可能在這裡，甚至還走到我面前對我大吼？

「妳怎麼可以那麼蠢啊？連護照都會弄不見？妳才離開台灣不到十個小時都就把自己搞成這樣，妳是豬嗎？」孫大勇這個幻影，在吼完我是豬的那一刻，隨即將我拉進他懷裡。

對，我是豬，我就是豬才會蠢到覺得幻影的擁抱有溫度，我就是豬才會享受這種幻覺，可是幻影怎麼可能有溫度？

想到這裡，我馬上推開這個幻影，張大眼睛仔細地看著，那是真真實實站在我面前的孫大勇。三秒後，我把感動的眼淚含在眼眶，伸出雙手狠狠地打他，「你來幹麼！你來這裡幹麼！不是跟你說離我遠一點嗎？你抱個屁啊！抱、抱、抱、抱、抱個屁！」就是為了忘記你才來這裡，結果發生這一堆鳥事，把我害成這樣就算了，你現在又來，是想害我永遠都忘不了你嗎？

短短的五秒，他不知道挨了我幾掌。他邊唉唉叫邊防守，在一個空檔抓住我的雙手，又把我拉入懷裡。我想掙脫時，他抱緊我，在我耳旁說：「我也喜歡妳。」

我停住了，世界好像也停住了，只有我們兩個人的心跳在運作一樣，咚咚、咚咚、咚咚。

被他抱著的我，內心已經萬馬奔騰，不停地敲鑼打鼓，歡天喜地。孫大勇說他也喜歡我耶，爸！媽！你們聽到了嗎？孫大勇說他喜歡我耶，依依、明怡、立湘，你們聽到了嗎？孫大勇喜歡我耶！

孫大勇喜歡我耶！孫大勇喜歡我耶！孫大勇喜歡我耶！因為太高興，我今天要重複這句話三百次。

但當黃子芸的臉突然間從我腦海裡又跳出來，我下意識又嚇得推開了孫大勇，彎曲食指猛敲他的頭，「你喜歡我個頭，你在跟我開玩笑嗎？要我那麼好玩嗎？那黃子芸怎麼辦？你現在是想腳踏兩條船嗎？你現在是不打電動改欺騙女人了嗎？」

孫大勇抱著頭，邊躲邊說：「我沒有，子芸昨天回美國了啦！」

回美國？

我疑惑地停下手問：「為什麼回美國了？」

孫大勇撥了幾下被我弄亂的頭髮，生氣地看著我，「因為她知道我心裡面的人是妳，而且我也幫她找到她爸爸了，事情辦完了當然就回去啦！妳真的是喔……可以拜託妳好好聽我把話講完嗎？我在飛機上寫了多少要跟妳告白的台詞，想了多少浪漫的橋段，結果全部被妳搞砸了。」

他邊說還邊從外套口袋拿出一疊紙丟在地上，想證明自己說的是真話，結果不到五秒馬上自己撿回來，不是怕我看到會笑他，而是怕亂丟垃圾被罰款。「忘了這裡是新加坡了。」他說。

看著他的舉動，我忍不住笑出來。

「還敢笑，我真的會被妳氣死，我一下飛機打開手機就看到大姑姑傳來的簡訊，說妳的護照和錢都不見了，妳知道我有多緊張嗎？想到妳會害怕，妳知道我有多擔心嗎？一出機場馬上坐計程車衝過來，妳不感動就算了，還一直打我。」他滿腹委屈地說。

誰說我不感動的，我感動死了，但我當然不會這樣跟他說，我比較好奇的是，「你怎麼知道我來新加坡？」

彷彿我問了世上最蠢的問題，比方歐巴馬姓不姓歐之類的。他露出很輕視我智商的眼神回答我，「我家開旅行社的，我查訂位紀錄會難嗎？依依告訴我說妳出國了，我查到妳的班機，就馬上訂了今天最晚起飛的班機機票，結果就看到妳……」他上下打量了我一番，繼續說：「這麼狼狽。」

「都是誰害的？」我瞪了他一眼。

他走到我面前，拉起我的手，嘆一口氣，一臉歉意地對我說：「是我，都是我，是我太遲鈍。是我很會打電動抽卡片，但是忘了點自己的敏捷技能。是我一直太執著於那個過去，忘了正視自己的心情，對不起，害妳這麼傷心。」

我看著他深情的臉，覺得好心動，忍不住伸出手，抽出他撿回來放在口袋裡的那疊紙，開始低頭檢查這些話是從哪裡抄來的。

剛剛那個溫柔的孫大勇兩秒內消失不見，對著我開始咬牙切齒，「林樂晴，妳真的要一直這樣嗎？」

我握著那些紙張，眼淚滴在上面，字跡被暈開。他被我突如其來的眼淚嚇到，著急地問：「妳怎麼哭了？是我太凶了嗎？好好好，對不起，我不是故意的，我只是有點生氣……」

我抬起頭看他，眼淚滑落臉頰，「我只是不敢相信你會對我說那樣的話，我以為這輩子我們會各過各的生活，遠離對方的世界，但是你居然來了，還站在我面前。到現在我還是覺得好不真實。」

我是這麼倒楣的人，會不會醒來才發現是夢一場？

孫大勇對我笑了笑，用手指抹去我的眼淚，把我抱在懷裡，「不要說妳覺得不真實，現在能這樣抱著妳，我也覺得好不真實，還好妳沒有離開我太遠，真的還好妳沒有走得太遠，我很害怕……」

我也伸出手擁抱他，撫平彼此的不安，感受彼此的悸動，感覺最真真切切的溫度。

我聽著他的心跳，覺得好滿足，「如果我去英國，你會去找我嗎？」我問。

他抱緊我，說：「會。」

「那如果我去法國，你會去找我嗎？」我問。

他抱緊我，說：「會。」

「那如果我去埃及呢？」

他抱緊我，說：「不會，因為妳根本不會去那種地方。」

我們抱緊了彼此，然後一起笑出來。

真實的感情，其實不需要浪漫，需要的只是一顆我愛你和你愛我的心，而你愛著我，我也剛好愛著你，這就夠浪漫了。我愛孫大勇，孫大勇愛我，所以我們在一起了。

但是浪漫的旅行沒有持續太久，當我和孫大勇在新加坡玩到第五天，我已經開始想念台灣了，想肉燥飯、想麻辣火鍋、想牛肉麵、想我的早餐店、想我的姊妹們，我好想家。

於是，孫大勇改了機票時間，他現在正和我的大姑姑通電話，是的，我的大姑姑，現在都不找我了，直接找他，那我何必留到她回來？

寒心透了。

「姑姑，下次我再帶她來，再住久一點。對啊，好，我們會小心的，妳和姑丈也是，晚安。」

我坐在他旁邊翻了十八次白眼。孫大勇真的很下流，明明剛剛才因為我不想吃早餐凶我而已，一轉眼對姑姑講話就跟小熊維尼手上捧的蜂蜜一樣，甜滋滋。

講完電話，他馬上關機，看著我說：「林樂晴，妳以後可以盡量不要翻白眼嗎？我超怕妳眼睛抽筋！」

我大笑三聲，馬上恢復冷靜，「那你就不要老是讓我想對你翻白眼啊。」

「我又怎麼了？明明……」他又想狡辯時，美麗的空姊拿著毛毯問我們，「午安，需要毯子嗎？」

孫大勇馬上露出微笑，「兩張，謝謝！」

他把毛毯打開蓋在我身上，再把另一條毛毯捲起來，放到我脖子後面，本來覺得他好貼心，結果馬上破功，「妳太矮了，所以要墊個毛毯。」

我白眼 again。

好吧，男人是要教的，我好聲好氣地跟他說：「那句話呢，如果改成『妳個子比較嬌小，靠不到頭墊，墊毛毯在脖子後面靠著比較舒服』，我就給你加十分。」

他笑了笑，「不需要，我已經滿分了。」

不知道他哪來的自信，但我已經沒有心情再對他翻白眼了，因為空姊已經廣播要我們繫好安全帶。我發誓，回台灣之後要自我鎖國，我再也不要搭飛機，生為台灣人死為台灣鬼。

「妳的臉可以放鬆一點嗎？」孫大勇一臉看笑話的表情。

「如果你現在拉著我跳機，告訴我，我們坐船回台灣的話，我可以放很鬆，放到比東港鮪魚肉鬆還要鬆。」我不想放棄坐船的希望，我覺得一定有船可以直達台灣，不都說是地球村嗎？是村為什麼要搭飛機？上次我們去南投妖怪村，明明搭車就會到了。

他笑了笑，握著我的手，給我最後的一擊，「妳還是趕快趁起飛前睡著！為了讓妳上機好睡一點，昨天都陪妳熬夜看韓劇了。我現在是三秒可以入睡的狀態，妳都不會想睡嗎？」

我搖搖頭。

「眼睛閉上。」他鄭重地說。

我只好閉上眼睛。

「不要怕，我在這裡，妳睡著了我會在這裡，妳醒了我也會在這裡，不管怎樣，我都會在這裡。」他握緊我的手。

我感動地點了點頭。

不過，飛機開始起飛那一刻，我已經下意識地拉起孫大勇的手，緊張地咬了一大口，他只能咬著嘴唇忍住不叫出來，另一隻手還緊握座椅把手，表情跟戲劇裡演員扮演孕婦生小孩的樣子差不多。

我嘴裡還咬著孫大勇的手，眼角卻看到我手腕上戴著我還給孫爸爸的銀鐲子。我放掉大勇的手，驚訝地看著銀鐲子，再看看孫大勇，他摸摸被我咬疼的地方，不爽地說：「妳現在才發現？第一天晚上我就趁妳睡著時幫妳戴上去了。」

我看著重新回到我的腕上的銀鐲，忍不住笑了，問他，「之前你看到我戴的時候，為什麼沒跟我說它其實是要傳給媳婦的？」

「可能那時候我就喜歡妳了吧！」他有點害羞，臉有點紅。

拜託一下好不好，這幾天情話都講多少了，現在還在跟我裝純情，以為我會上當嗎？會，我伸手摸了摸他的臉，覺得他好可愛。

「沒有再更早？」我得寸進尺地問。

「沒有！」他馬上否認。

「那你那個超人十二號的編號，是不是我的生日？五月十二日？」誰先喜歡誰這件事要搞清楚，免得以後他對小孩子說是你媽先喜歡我的、是你媽先追我的，我爸媽就是個血淋淋的例子。

「當然不是，是妳大學的座號！」他否認得太快，反而更加真實。

我馬上抓住他的話柄，「那你肯定在大學的時候就愛我了。」

「不是！」為了男人的自尊，他繼續反駁。

但我已經笑到爽翻了，更重要的是，飛機已經穩定地在天空飛行，我不用害怕，而美麗的空姊正溫柔地詢問我，「請問餐點需要牛肉，還是海鮮呢？」

我笑著，握住孫大勇的手，什麼都不要，因為我已經幸福得很飽了。

【全文完】

-後記-

相愛的運氣

其實關於戀愛，我一直在想著「運氣」這件事。

當我看到朋友和她的男友相戀了十幾年沒有分開，始終如一，我覺得她運氣特別好，遇上了一個和她一樣堅定的人。當我看到朋友找到和他默契十足的另一半，一起往左、一起往右、一起往前，我覺得他運氣很好，茫茫人海，老天爺讓他的眼睛特別雪亮，視力一·〇。

然後看看自己，似乎不太受老天眷顧，為什麼一點也不 lucky？

但我不幸運嗎？偶爾枕頭墊高一點仔細想想，我一直擁有的、我受過傷的、我付出過的、我深愛過的，那一切好的壞的，都變成了我專屬的印記，其實並沒有特別差，只是我們總會不自覺羨慕起別人的好運，卻忘了發生在自己身上的好事。

人總是這樣，常要透過別人的世界，才記得反省自己。

我們常會覺得自己運氣不好，所以日子才會難過；我們常會覺得自己運氣不好，所以生活才會難捱；我們常會覺得自己運氣不好，所以戀愛才會失敗。偶爾耍耍任性，可以把一切怪在運氣上，但很多時候，仔細想想，問題終究是在自己。

我是不是不夠聰明？明明知道是錯的事，還是執意去做。我是不是不夠圓滑？明明知道是會令人難過的話，還是不在意地說出口。我是不是不夠冷靜？明明知道一發火就會把事情搞砸，但還是脾氣一來就直接翻桌。

反覆思考過後，才會明白運氣只是一種傳說，任何一種挫折，絕對不是因為自己很倒楣，而是因為自己不成熟。

當我寫完這個故事，只有兩個字可以形容我的心情。叫「痛快」。

我在樂晴的生活裡痛快地過了一陣子，她或許有很多我不滿意的地方，比如不夠果斷、喜歡自怨自艾、脾氣焦躁又不認輸，但這就是活生生的人性，像妳也像是我。

當我去過著林樂晴的生活時，我也深刻地檢討了自己，或許是這樣，才會在結束的時候，像是放血了一樣。我好像去了某個地方旅行，狠狠地經歷一趟洗鍊的過程，再帶著滿滿的能量回到自己的生活。

多麼希望你或妳，也和我一樣。

雪倫

國家圖書館出版品預行編目資料

然後 你還在／雪倫 著. -- 初版. -- 臺北市：商周出版：
家庭傳媒城邦分公司發行，（民103.12）
面：　公分. --（網路小說；239）
ISBN 978-986-272-675-4（平裝）
857.7　　103019407

然後 你還在

作　　者／雪倫
企畫選書人／陳思帆
責 任 編 輯／陳思帆

版　　權／翁靜如
行 銷 業 務／李衍逸、黃崇華
總　編　輯／楊如玉
總　經　理／彭之琬
發　行　人／何飛鵬
法 律 顧 問／台英國際商務法律事務所　羅明通律師
出　　版／商周出版
城邦文化事業股份有限公司
台北市民生東路二段 141 號 9 樓
電話：(02) 25007008　傳真：(02) 25007759
Blog：http://bwp25007008.pixnet.net/blog
E-mail：bwp.service@cite.com.tw
發　　行／英屬蓋曼群島商家庭傳媒股份有限公司城邦分公司
台北市民生東路二段 141 號 2 樓
書虫客服服務專線：(02) 25007718、(02) 25007719
服務時間：週一至週五上午09:30-12:00；下午13:30-17:00
24 小時傳真專線：(02) 25001990、(02) 25001991
劃撥帳號：19863813；戶名：書虫股份有限公司
讀者服務信箱：service@readingclub.com.tw
城邦讀書花園：www.cite.com.tw
香港發行所／城邦（香港）出版集團有限公司
香港灣仔駱克道193號東超商業中心1樓
E-mail：hkcite@biznetvigator.com
電話：(852)25086231　傳真：(852) 25789337
馬新發行所／城邦（馬新）出版集團【Cité (M) Sdn. Bhd.】
41, Jalan Radin Anum, Bandar Baru Sri Petaling,
57000 Kuala Lumpur, Malaysia.
Tel: (603) 90578822　Fax:(603) 90576622
email:cite@cite.com.my

封 面 設 計／黃聖文
版 型 設 計／小題大作
排　　版／新鑫電腦排版工作室
印　　刷／高典印刷有限公司
總　經　銷／高見文化行銷股份有限公司
電話：(02) 26689005　傳真：(02) 26689790
客服專線：0800-055-365

■ 2014 年 12 月 2 日初版 1 刷
■ 2017 年 7 月 10 日初版 5.5刷
定價200元

ISBN　978-986-272-675-4

Printed in Taiwan
城邦讀書花園 www.cite.com.tw

廣	告 回
北區郵政管理登記	
台北廣字第000791	
郵資已付，免貼郵	

104台北市民生東路二段141號2樓

英屬蓋曼群島商家庭傳媒股份有限公司　城邦分公司

請沿虛線對摺，謝謝！

書號：BX4239	**書名：**然後 你還在	**編碼：**

請於此處用膠水黏貼

商周出版

讀者回函卡

感謝您購買我們出版的書籍！請費心填寫此回函卡，我們將不定期寄上城邦集團最新的出版訊息。

不定期好禮相贈！
立即加入：商周出版
Facebook 粉絲團

姓名：＿＿＿＿＿＿＿＿＿＿ 性別：□男 □女

生日：西元＿＿＿＿年＿＿＿＿月＿＿＿＿日

地址：＿＿＿＿＿＿＿＿＿＿

聯絡電話：＿＿＿＿＿＿＿＿ 傳真：＿＿＿＿＿＿＿＿

E-mail ：

學歷：□ 1. 小學 □ 2. 國中 □ 3. 高中 □ 4. 大學 □ 5. 研究所以上

職業：□ 1. 學生 □ 2. 軍公教 □ 3. 服務 □ 4. 金融 □ 5. 製造 □ 6. 資訊
□ 7. 傳播 □ 8. 自由業 □ 9. 農漁牧 □ 10. 家管 □ 11. 退休
□ 12. 其他＿＿＿＿＿＿＿＿

您從何種方式得知本書消息？

□ 1. 書店 □ 2. 網路 □ 3. 報紙 □ 4. 雜誌 □ 5. 廣播 □ 6. 電視
□ 7. 親友推薦 □ 8. 其他＿＿＿＿＿＿＿＿

您通常以何種方式購書？

□ 1. 書店 □ 2. 網路 □ 3. 傳真訂購 □ 4. 郵局劃撥 □ 5. 其他＿＿＿＿

您喜歡閱讀那些類別的書籍？

□ 1. 財經商業 □ 2. 自然科學 □ 3. 歷史 □ 4. 法律 □ 5. 文學
□ 6. 休閒旅遊 □ 7. 小說 □ 8. 人物傳記 □ 9. 生活、勵志 □ 10. 其他

對我們的建議：＿＿＿＿＿＿＿＿＿＿

請於此處用膠水黏貼